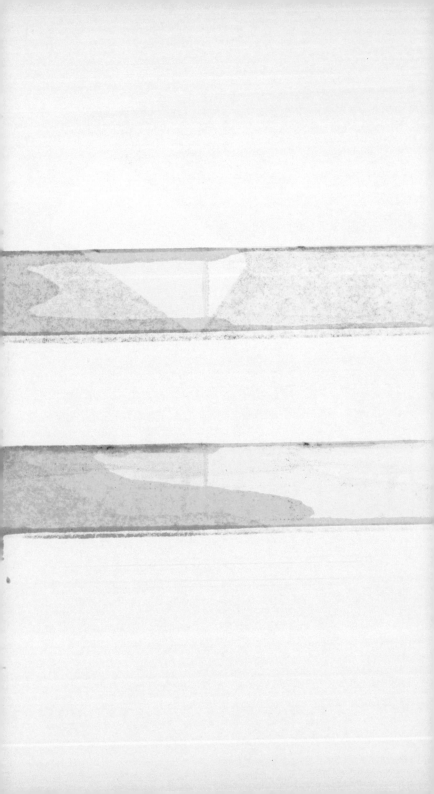

# 김종삼을 위하여

풍금 소리 끊겼다
풍금 소리 들렸다
송추 계곡에서

# 김종삼을 생각하다

# 김종삼을 생각하다

ⓒ강세환, 2021

1판 1쇄 인쇄__2021년 11월 05일
1판 1쇄 발행__2021년 11월 10일

지은이__강세환
펴낸이__양정섭

펴낸곳__예서
　　　　등록__제2019-000020호

제작·공급__경진출판
　　　　사업장주소__서울특별시 금천구 시흥대로 57길 17(시흥동) 영광빌딩 203호
　　　　전화__070-7550-7776　팩스__02-806-7282
　　　　홈페이지__http://https://mykyungjin.tistory.com
　　　　이메일__mykyungjin@daum.net

값　10,000원
ISBN 979-11-91938-01-2　03810

예서의시 019

# 김종삼을 생각하다

강세환 시집

예서

차례


김종삼을 위하여


# 제1부

# 제2부

# 제3부

제1부

# 김종삼 소식

노인 수당만으론 어렵다면서
늦은 오후까지 쪼그만 출판사에 엎드려 있던
시인 김종삼
음악 하는 데도 아니고

"케이비에스 클래식 라디오 같은 데라도 다니시지…"
"케이비에스 2 전신이 '동아방송'이에요"
"동아방송 다닌 것 어떻게 알아?"
"검색하면 다 떠요"

─천상병 갔다고?
─김영태도
─오규원도
─최하림도

# 김종삼 이후

'김종삼' 이후
마지막 보헤미안
화가이며 무용평론가이며 음악평론가이고
극심한 애연가
시인 김영태

그가 그린 시인 삼백 여 명과
예술가 소묘
줄잡아
천 명을 넘었다

그 중 유독 기억에 남는다는
시인 김종삼
시인 천상병
시인 박용래

# 그를 애도할 시인은 누굴까

자기보다 먼저 세상 뜬
형 김종문을 애도하고
프란츠 슈베르트
루드비히 반 베토벤
빈센트 반 고흐
클로드 드뷔시를 애도하던
시인 김종삼

이제 그를 기리며 애도할 시인은 누굴까
김영태?
김영태 이후?

고(故) 김영태 이후?
김종삼도
김영태도 없으리
슬프지만
꽤 아름다운 이별
더 없는
덧없는

시인은 언제 중퇴하고 언제 퇴사하고
언제 죽어야 하나?

—김종삼

1921년 황해도 운율 출생
1937년 평양 숭실중학교 중퇴
1942년 일본 도쿄문화학원 문학과 입학
1944년 중퇴
1955년 국방부 정훈국 음악 담당
1963년 동아방송 입사
1969년 첫 시집 ≪십이음계≫
1976년 퇴사
1977년 두 번째 시집 ≪시인학교≫
1979년 시선집 ≪북 치는 소년≫
1982년 세 번째 시집 ≪누군가 나에게 물었다≫
1984년 시선집 ≪평화롭게≫
1984년 별세

# 육필 메모

시를 기다리며 하루를 보냈다
저녁 종소리도 들리고
시를 읽어도 시가 읽히지 않았다
시가 읽히지 않는 날?
밥 생각도 커피 생각도 없고
산책도 접어야 할 듯
어쩌다 하루만 시 한 줄 없어도
사는 게 온통 뒤죽박죽

어느 옛 시인처럼 손톱이라도 깎아야 하나
발톱을 깎아야 하나
그도 아니면 어느 가까운 후배 시인에게
급하게 건넸다는
김종삼의 '육필 메모'라도 또 읽어야 하나

- 극비리에 4,000원만 융자해 주시면
활력소가 되겠습니다
좀 긴박합니다

# 면벽 134

－김종삼


시가 막힐 때마다 김종삼을 찾았다
그러나 김종삼은 횅한 벽이었다
어떤 날은 벽면에 김종삼을 붙여놓고
저녁 내내 김종삼만 바라보았다


구스타프 말러 만나면 구스타프 말러 되고
'라산스카' 만나면 라산스카 되고
조선총독부를 만나면
조선총독부를 무너뜨리고


시 한 편에 죽고 죽이는
시가 또 시를 낳곤 했었다
이 땅의 많은 시인들이
김종삼 좋아한다는 말도 떠돌았지만
저 떠도는 말
누가 다 챙겨?

# 큰 눈 내리던 날에

큰 눈이라도 내리면
빈대떡 한 접시 들고
굳이 찾던 이가 누구였을까
어릴 때 잃은 동생
소설가 방인근 씨
포천 부인터 공동묘지 선친 묘소
또 이곳저곳 떠돌다
다 식은 빈대떡 들고
발인 날 참석한 천상병 씨 부인?
그 '허황되고 멋진' 문학청년?

이 길 또 어긋나면
다 식어빠진 빈대떡 들고
또 김수영을 불러야 하나
김관식을 불러야 하나
숨이라도 죽여야 하나

# 종삼

'종삼'의 분위기를 풍기며/삼류를 자처했던… 金宗三 시인
―황명걸 〈마이너 리그〉에서

나도 종삼(鐘三)에서 어기적거리며 살았다
그때 재수생 신분을 감추려고
머리도 몇 달째 자르지 않았다
청계천 밥집 가던 길에
늙은 야바위꾼 화투장에 속아
고스란히 한 달 치 밥값 날리고
급기야 하루 한 끼로 버티던
그리곤 돈을 빌리러 다녔다

이장희 〈한 잔의 추억〉도 좋아했고
종삼 뒷골목 튀김집도 좋아했던
종로서적 한쪽 구석에서 시를 읽었다
어느 날은 바람처럼 뛰어다녔고
어느 날은 풀처럼 납작 엎드려있었다
독서실 옥상 너머
어둡고 이상한(?) 흡연실로
나를 끌고 가던 선배의 손을 뿌리치고
손에 익은 담배로 안심하던
그 옥상 너머에는 과연 무엇이 있었을까
손에 닿지 못한 그 무엇

# 시인의 뒷모습

작곡가 세자르 프랑크
세상 욕심을 버렸고
시류를 따르지 않고
혼삶 자처한,
아무도 주목하지 않던
오르간 연주로 생계를 이어가던
세자르 프랑크

어느 날 김종삼과 세자르 프랑크와
팔레스트리나와 셋이서
서울역과 명동과 종로통과
남산 길과 무교동 지나
해 질 녘 아리랑 고개를 넘어
작곡가 윤용하 만나러 가는
저 뒷모습
그들의 뒷모습을 또 조심스럽게 따르던
휑하고 어둡던
긴 그림자

# 그대 먼 곳에

−김종삼

어쩌다 한 사나흘 시를 거르다 보면
사는 게 막연하고 하루는 더 막연하다
오늘처럼 일어나자마자
어떤 새가 울다 가고 날이 뿌옇게 흐리고
첫 구절이 손에 닿을 듯하면
무엇이든 하던 일 멈추고
시의 손이라도 마주잡고 앉아야 한다
−나의 시여!

또 어떤 날은 선배 시인−김종삼−의 시집을 읽는다
−시인이 죽어야 시가 완성된다!
그러나 죽어도 완성되지 않는 것이 시다!
시는 완성되지 않는다!

그리고 시인들의 삶의 행간도 헤아려보곤 한다
시의 행간과 삶의 행간에서
그들의 슬픔과 서글픔과 아픔을 만났다 헤어진다
또 문단 친구들이 보내준 시집도 읽는다
시를 통해 또 시를 다스려야 할…

그런 날은 분향(焚香)하듯 시를 또 한 편 써야 한다
그래야 저 시집을 읽을 수 있고
문자라도 한 줄 넣을 수가 있다
나는 또 시집을 급하게 쭉 읽어버릴 것이다
시는 급하게 읽어야 시의 맛을 알 수 있다
그렇다 시는 '미친 듯이' 급하게 읽어야 한다
— 원샷!

시는 결코 시인을 기다리지 않는다
시인도 결코 시를 기다리지 않는다
그러나 시는 기다려도 오지 않는 것!
그러나 오지 않는 것을 기다리는 것도 시다
시가 오지 않는다고
저 멀리 있는 것도 아니다
시는 가까운 곳에 있는 것도 아니다
그대 먼 곳에!

# 김종삼 묘소에 관한 묵상

1.
경기도 양주시 장흥면 울대리 47-4
천주교 길음동 성당묘원

安山金公베드로宗三之墓
1921. 4. 25 ~ 1984. 12. 8

"묘소를 찾으려고 합니다"
"어떻게 되나요?"
"후배입니다"
"성함은?"
"김종삼 선생님!"
"베드로"
"요 뒤쪽 남가-91"

절 두 번 하고 (묘비 사진 찍고 나서)
다시 절 두 번 하고

시인은 묘비를 남기는 것도
무덤을 남기는 것도

영혼을 남기는 것도
시를 남기는 것도 아니리

2.
뒷마당에서도 크게 들리던 가톨릭 성가 듣고 있는지
한나절 지난 도봉산 뒤통수 멀거니 바라보고 있는지
머리맡에 잘 마른 풀냄새 맡고 있는지
이제 더 기다릴 것도 없이 그냥 또 외롭게 사는지
바로 옆에 사모님 누운 것도 아는지
담주면 추석이 또 다가오는 것도 아는지
김수영과 김관식을 만나 한잔씩 하는지
두 손 모아 기도할 때도 있는지
"혹시 술 딱 끊으셨나요?"

제2부

# 김종삼 풍경

"나 지은 죄 많아/죽어서도/영혼이/없으리"
—김종삼 〈라산스카〉에서

15도 또는 5도 정도 기울어진 깡마른 몸으로
신작 원고 1편 던져놓고
차 한 잔 하고 가라는
잡지사 직원의 간청에도
대꾸도 없이
땅만 보고 말없이 되돌아가던

세상일엔 관심 없다는 듯
동아방송 근무복 차림으로
몇 걸음에 앞마당 달빛 지나가듯이
티내지 않고
잡티 하나 없이

≪상계동 11월 은행나무≫(2006)

# 김종삼을 생각하다

젊은 날 한때 낮에는 김지하를 읽었고 밤에는 김종삼을 읽었다 그 무렵 실패한 연애 때문에 김종삼을 읽다 머리맡에 던져놓곤 했었다 그러나 맨 처음 그 여자의 마음을 끌어당긴 것도 그 여자의 마음을 더 복잡하게 만든 것도 김종삼 때문이었다 돌이켜 생각해 보면 그 여자의 마음도 내 마음도 아프게 한 것은 김종삼이었다

혈서를 쓰듯 김종삼의 시 한 편을 따뜻한 펜으로 써서 그 여자한테 보내놓고 한 달 동안 기다렸다 답장이 없어도 두렵지 않았다 김종삼을 읽고 어떤 울림이 없다면 다시 만나지 않아도 답답할 일도 아니었다 어느 주점에서 쓸쓸한 바람 같은 것이 스치고 지나갈 때, 시라는 것도 쓸쓸한 혹은 영혼이 없는 자의 몫이라는 생각이 들었다 지금 내 사무실 컴퓨터 바탕 화면에 깔아놓은 김종삼의 흑백사진 위로 어떤 침묵이 흐르다 멈춰 있다 나의 시 한 편도 그 누구의 마음속을 복잡하게 흐르다 멈춰 있지 않을까?

《벚꽃의 침묵》(2009)

# 김종삼

날마다 작곡가 윤용하를 추모했다는
동네 주점에서 한 잔 마셨다 하면
죽은 김소월 김관식 김수영 전봉래 씨를
몹시 지극하게 그리워했었다는

레바논 산골짜기 흙먼지 그 너머
월곡동 연탄 가겟집 골목
광화문 아리랑 다방 입구 어디
길음동 성당 놀이터 부근

아마데우스 볼프강 모짜르트와 막역한 사이였던
하도 따분하고 심심해서 시를 썼다는
소주 한 두어 병 품에 품고
무소뿔처럼 불쑥 찾아가 뵙고 싶은

≪상계동 11월 은행나무≫(2006)

# 어떤 육성
## −황동규 선생의 시 낭독회에 가서


서초동 예술의 전당 아르코 3층 다목적 감상실
시인의 육성을 만나던
황동규를 듣던 겨울 저녁시간
어디서 목소리 한 옥타브 키우는지
시의 속살을 들여다보고 싶었다

'다시 만날 때까지는'
거기서 유독 두 번씩이나 연속해서
고성에 가까운 육성으로 낭독했다
멀리서 카메라 폰에 두 컷을 담았다

〈점박이 눈〉 낭독할 때
길음성당 고(故) 김종삼 영결식장서 만났던
그 아름다운 문학청년 구절에선
장석주 형이라고 했었다
(앗, 박중식 시인 아니었던가?)

문학판 사람들 하나도 만나지 못했다던
그 영결식장
그 행간에 시인의 심경을 털어놓았다

"놀라웠다, 문학판 사람들 아무도 안 나왔다"
기억하시는지?
"내 장례식엔 오늘처럼 추우면 오지 말고……"
문학판 아는 얼굴 하나 없던
행사장 복도 한쪽 끝에서 인사만 했을 뿐
"추운데……"

어느 목로주점을 향하는 뒷모습 바라보다
한바탕 큰 눈 내린
큰 눈이 한 번 더 내릴 것 같은
우면산을 돌연 돌아서서 바라보았다
가슴에 확 스쳐간 육성 하나 더
"우울할 때 시가 나온다"

《벚꽃의 침묵》(2009)

# 내 시는 나를 알고 있을까

시인 김종삼은―나같이 어지럽게 사는 사람에겐
음악은 지상의 양식 같은 거라고 했었다
난 어지럽게 살지 않으니
지상의 양식 같은 음악을 얻어먹을 수도 없는가

간혹 술이라도 마실 줄 아는 동도제현을 만나면
당신의 음주벽(癖)과 음악 벽과 교우 벽과 시벽(詩癖)을
술병처럼 꺼내놓곤 가슴높이쯤에서
술잔을 멈추거나 또 부딪치거나
김종삼을 위하여! (위하여!) 때론 러브 샷!

―당신은 당신이 쓴 시를 한 번도 사랑하질 못했다고 했는가
그러나 당신이 한 번도 사랑하지 못했다는
당신의 시는 많은 시들 사이에 섬이 되었고
시인들 사이에 섬이 되었다
―사람들 사이에 섬이 있다*

―당신은 사는 게 따분하고 지리 할 때
흐리고 탁한 뜨물 같은 시를 긁적이곤 했다는데
사는 게 흐리고 탁하고 따분하고 지루하더라도

밤을 새워 시를 쓴다 해도
사는 것도 시를 쓰는 것도
흐리고 탁하고 따분하고 지리 할 뿐!

당신은—우리나라 많은 시인들이 저지르는 어리석음이
생활도 윤택해야 한다 시도 좋아야 한다
허나 나는 생활도 시도 버리지 못할 것 같다
나여! 어리석은 자여! 그리고 나의 시여!
내가 알량한 생활을 버리지 못할 걸 알고 있지 않은가

시가 되지 않는 날이 사나흘 더 깊어지면
세상을 등지고 입산한 자의 옛길을
잠시 더듬듯 거닐어 본 적도 있다
그러나 그들도 내가 세상을 등지지 못하는 걸 알고 있다
내가 시를 버리지 못하는 것도

*정현종

≪우연히 지나가는 것≫(2017)

# 시 한 줄
−소흘읍 고모리 김종삼 시비 근황


겨울 고모리 저수지에 얼어붙은
시 한 줄
둘레길 천정 높은 식당에 들어와 앉는다

소리를 다 잊은 풍금
세월이 어긋나 덜컹대는 미닫이 문
탁자 위 늙은 호박
시간을 잃은 시내버스 시간표
불기운 식은 심심한 난로
저수지처럼 깊고 높은 침묵 사이에
시 한 줄
늘 그렇듯 빈 잔에 술을 채운다

모차르트도 전봉래(全鳳來)도 포장마차도 눈에 띄지 않는다
−모차르트도 전봉래도 못 끊겠어
−아직 덜 부른 노래가 있는지요

날 풀리면 저수지 언저리부터 무슨 기적이 있을 터!
무얼 더 기다리지 않고
갈대를 꺾어 부러뜨리듯

세월을 툭툭 부러뜨릴 줄 알아야지!
툭 부러뜨릴 것도 없어야…


–이제 추억으로부터 자유로우신지
–술이나 한 잔 들지

≪앞마당에 그가 머물다 갔다≫(2015)

# 김종삼 시인학교

교과서는 없고
출석부는 있어도 출석을 부른 적도 없었다
볼프강 아마데우스 모차르트 모르면
세잔을 모르면
김관식 모르면
주먹 쥔 손으로 교탁을 탁탁 치거나
혀끝을 쯧쯧 차던 시인학교

늦은 저녁
선생이 잠시 머물던
길음 성당 앞마당 벤치
비를 피해
성당 안을 들여다보면
웅크리고 앉아 등만 내보이는
소설가 방인근
화가 이중섭
작곡가 윤용하

그리고 어린 딸애가 장님 애비의 소매 깃을 끌어당기던
청계천 10전(錢)짜리 그 밥집 너머

김수영과 마주앉아
술잔 나누던 종로 3가 생선구이 집 너머
눈물도 바짝 말라붙은
레바논 골짜기
못이라도 박으면 금세 무너질 것만 같은
폐교된
김종삼 시인학교

≪앞마당에 그가 머물다 갔다≫(2015)

## 그렇다는 것


기껏 지푸라기의 뜻을 이름 앞에 썼던
초개(草介)
지푸라기도 모자라
또 어눌한 사람
눌인(訥人)
지푸라기 끝에 하나 더 매달고 살았던
초개 눌인 김영태 시인

초개 눌인이 시인 김종삼 입원할 때
뒤에서 병원 알아보러 다녔던 일은
결코 눌인들이 할 노릇은 아니다
누가 가난한 시인의 뒤를 돌봐주었던가?

그가 한국외환은행 조사부를 24년 다녔던 것은
결코 지푸라기가 아니다
삶의 무슨 이면이 빤히 보였다는 것은 아니다
삶의 거죽이 그렇다는 것
"애들 학비와 기숙사비라도 보내줘야…"

김종삼이 국방부 정훈국이나 동아방송 등지에서

음악을 담당하며 20여 년 보냈다는 것도
삶이 또 그렇다는 것
그러나 그들은 그렇게 살면서 많은 시를 썼다
그러다 그들은 어디서부터 '꼬이기' 시작했다
그들은 그렇게 살면서 또 시를 썼다
그들의 시도 그들의 곁을 떠날 수 없었을 것이다

《시인은 무엇으로 사는가》(2020)

# 김종삼문학상 시상식에 참석한 김영태(金榮泰) 씨*

친구가 상 받던 시상식을 물끄러미 바라보던
식장 뒷줄에 앉아있던
친정 식구 같던
김영태 씨
김종삼도 한참 생각했을까
'죽이 잘 맞았는데……'

보슬비 오던 날 밤
한쪽 어깨가 다 젖은 채
급한 돈 빌리러 온
김종삼에게
사직동 쪽대문을 열어주던
김영태 씨

시상식 날 밤에도 비가 좀 내리다 말았을까
식장 밖에서 한 잔 더 했을까
문학상을 왜 두어 해만에 접었을까
두어 해만에
상 받을 사람 다 받은 걸까

김영태 문학상 시상식이라면
누가 그 뒷줄 끝에 앉아 바라볼까?
사시사철 춤 보러 다니던
대학로 아르코 예술극장 L 10번 그 빈자리는?
친정 식구 같은 사람은?

김종삼한테 받은
존 레논과 오노 요코 부부 사진의 레코드판을
겨드랑이에 끼고 살던
한쪽 어깨가 축 처진
그

*김영태 〈김종삼문학상 시상식〉에서 참고함.

≪우연히 지나가는 것≫(2017)

41

제3부

# 문학사의 한순간 2

몇 줄 끄적거리다 만 딸애의 이력서를 들고
문단 후배 일하던 출판사에 들러
겨우 꺼내놓고 돌아서던
시인 김종삼
어느 반듯한 곳엔 쉽게 꺼내놓지도 못하고
고작 후배 앞에다 내놓고
더 말을 잇지도 못하고
무겁게 무겁게 되돌아서던
시인 김종삼

되돌아서서 걷던 길에
어쩌자고 고(故) 김수영을 또 생각하였고
김소월을 생각하였을까
그런 날은 어디 가서 봄비에 실컷 두들겨 맞거나
레바논 골짜기 같은 데
한 사나흘 꼼짝없이 처박혀 있거나
시를 썼다 지우고
시를 썼다 또 지우거나

≪시인은 무엇으로 사는가≫(2020)

# 쓸데없는 짓

"쓸데없는 짓!"
옆 테이블에 앉아있던 천상병의 군이 한마디
'시인공화국' 호프집에서
저녁 내내 김관식은 동네 주먹들을 앉혀놓고
《시경》을 읽고
김수영은 오늘은 막차 놓치면 안 된다고
뒤도 돌아보지 않고 부리나케 뛰어 갔다
"급하긴…"
신경림은 등산객 두엇 놓고
이용악의 〈북쪽〉을 낭독하고
신동엽은 혼자 서서 시 한 줄 읊조리고 있었다
"껍데기는 가라"
"백두에서 한라까지"
(한 번 더!)

김종삼은 또 김영태 앞세우고 노래방을 찾는다
"찢어져!"
"천 원짜리 한 장 놓고 가!"
"한 장 더!"
"소월 성님은 함흥차사더냐?"

뒤따르던 천상병 또 한마디
"시인들끼린 씹지 마라!"
박인환은 역 앞의 노숙자 몇 사람과 함께
찜질방으로 들어가고
백석은 혼자 남아
러시아 혁명시집을 다시 꺼내서 읽고 있다
"임화 소식 알아봤는데…."
어젯밤 동역사 근처 자정 무렵

≪시인은 무엇으로 사는가≫(2020)

# 황홀한 들녘

−광릉 수목원 김종삼 시비

'내용 없는 아름다움'
이끼 긴 시 한 구절 발끝에 묻어둔 시비 앞에 섰다
황량한 들녘,
기댈 곳 하나 없이 발 딛지 않고 떠 있던 곳

보일 듯 말 듯 희끗한 눈발 몇 낱알 떠돌고 있었다
낙화유수
등 뒤에서 흐름흐름 뜨악하게 울다 만 뭇 새 하나
이름 모를 아름다움

더 울지도 않고 더 울 것도 없는 긴 세월 수목 사이
서로 침묵만 또 주고받을 것이다
뭇 새도 눈발도 울음도 들녘도
더 흐릴 때까지 더 저물 때까지

이제 발끝에 적막을 묻어도 좋다
이제 발등에 어둠이 쌓여도 좋다

≪앞마당에 그가 머물다 갔다≫(2015)

48

# 한국현대문학통사(痛史) 5

아내의 발길이 닿지 않는 윗동네에 가서
외상술을 마셨다
가게 주인한테 욕도 얻어먹었으며
남에게 돈을 빌려 달라는 말도 해보았다
김종삼은 불행했다
모차르트처럼 불행해지고 싶었고
친구도 없이 인생의 막차를 탔다
고개를 떨구고 걸어가던 시인 김종삼은
너무 슬펐다
동경 유학시절 부두 막일을 하면서도
당당하게 살았던 그가 너무나 힘겹게 살아갔다
김수영이가 그립고
김관식이가 보고 싶었다
그래도 그는 일찍 세상을 떠난 김소월을 불쌍히 여겼고
작곡가 윤용하를 날마다 추모하였다
그가 작고하였을 때
영결미사에 참석한 문인은 어느 시인
한 사람뿐이었으니
세상이 참으로 불행하였으리라

≪월동추≫(1990)

# 시인학교*


공고

오늘의 강사진

음악 부문
김민기
미술 부문
박수근
시 부문
김종삼 김지하 교체 출강

모두
결강


염산국, 좆 같은 새끼들이라고 침 뱉음. 성산막걸리를 책가
방에서 꺼내 혼자 처먹음. 강의실 책상 위에는 먼지가 쌓여
있음.
박용재
홍극표, 창백한 얼굴로 〈상록수〉를 함께 부르며 마른 눈물
을 흘림.

박수찬, 휴학계 제출 후 군대 갔음.

박명희

홍성례, 빈주머니에서 파도소리 흘러나옴. 낙서를 지우고 있음.

박세현, 장기간 결석함.

강세환, 학교 앞 부녀회관에서 소주를 마시고 명주초등학교 가을운동회를 구경함.


#### 교재

김지하 시집, ≪황토≫

김종삼 시집, ≪북치는 소년≫

황석영, ≪삼포 가는 길≫


#### 교사

강원도 강릉시 내곡동 산 72-1번지 소나무숲 속에 있음.

부기

　전홍걸, 국어음운론 시간에 원효의 ≪금강삼매경론≫을 조
용히 읽고 있음.

*김종삼

≪월동추≫(1990)

산문 혹은 김종삼 생각

## □ 일러두기

여기 실린 시들은 가급적 전문을 인용하였으며 그 시가 수록된 해당 시집을 밝혀두었다. 시집에서 인용하지 못한 경우엔 그 출처를 밝혀놓았다. 김종삼(1921~1984)과 관련된 기성시인들의 시를 찾아 읽으면서 감상을 덧붙이는 일보다 더 많은 관련 작품을 발굴하여 한곳에 모아 읽어보는 게 낫지 않을까 하고 여러 번 고심하였다. 그러나 김종삼에 관한 필자의 시와 김종삼에 관한 기성시인들의 시를 우선 이렇게라도 모아 소박한 자리를 만들고 싶었다. 시라는 것도 뿔뿔이 흩어지기도 하지만 또 이렇게 한 자리에 모어 일굴이라도 한번 쳐다보는 것도 무의미하지 않으리라. 다만 필자의 잡문 같은 글 속에 여러 기성시인들의 빛나는 작품들이 조금이라도 그 빛이 희미해질까 염려스러울 뿐이다. 이 글의 제목으로 쓴 '무시민주의자'는 김종삼 시선 ≪북 치는 소년≫(민음사, 1979)의 황동규 해설 중 한 줄임을 또 밝혀둔다.

# 어느 무(無)시민주의자를 위하여

−김종삼과 관련된 기성시인들의 시를 중심으로

\*

　여기 어느 특정한 시인에 관한 기성시인들의 '헌정 앨범' 같은 시가 있다. 그리고 그 시들을 통해 한 시인의 삶과 문학을 곧 만나게 될 것이다. 동시에 시의 정서와 시인의 감수성이 또 무엇인지 잠시나마 기쁜 마음으로 엿볼 수 있을 것이다. 잘 아시다시피 시는 무슨 정보나 사실을 전달하는, 관광 가이드북 같은 단순한 외적 기능만 갖고 있지 않다. 그보다 훨씬 더 복잡하고 뜨겁고 상징적이다. 그럼 이제 곧 읽게 될 황동규 선생의 이 시는 작고한 선배시인의 발인 날, 천주교 의식으로 치러진 생생한 영결 미사 정경을 스크린 하여 전달하고 있다. 하지만 어떤 정보나 사실조차 여기선 생생한 감동을 느끼게 한다. 시가 시로써 빛나는 순간이다. 한 줄 한 줄 심독(心讀)하는 독자가 있다면 그 마음이 한 겹 한 겹 무겁고 또 복잡할 것이다. 솔직히 시는 그렇게 무겁고 복잡하지 않아도 독자의 마음도 필자의 마음과 같이 이렇듯 무겁고 복잡하리라. 시는 특히 좋은 시는 이렇듯 어떤 전염성이 있다. 시인의 마음에서 독자의 마음으로 전해지는 것이다. 때로는 시인의 마음속에서만 계속 맴돌 때도 있을 것이다. 그러나 아마도 이 시는 고인이 된 시인도 어디 길모퉁이에서 물끄러미 바라보고 있을 것만 같다. 그리고 이제 이 세상을 막 떠나면서도 이 시를 돌아보고 또 돌아보았을 것만 같다. 하여 이 시는 한 시인을 향한 애절한 진혼곡 같지만 한국 시의 어떤 경지도 두루 보여주는 품격과 자존심을 갖췄다. 그야말로 시도 살고 시인도 살고 독자도 사는 귀중한 작품이다. 뻔한 말 같지만 시도 독자를 잘 만나야 하고 독자도 시를 잘 만나야 시도 살고 독자도 산다. 시와 독자의 관계도 이렇듯 어떤 순간, 운명적이라고 생각할 수밖에 없다. 앞으로 읽을 시들과 김종삼도 그렇고 이 시들과 필자와의 만남도 그렇다. 또 이 시는 '무엇'을 쓰는 것도 중요하지만 '어떻게' 써야 하는지 그 모범을 제시한다. 굳이 이런 자리가 아니어도 이 시가 시사하는 바가 생각보다 훨씬 크다. 어쩌면 이런 시 앞에서 혹은 뒤에서 필자가 무엇을 덧붙일 게 있을까 하고 망설여진다. 특히 이와 같이 눈앞에 환하게 펼쳐놓은 실황 같은 시에 해설이든 해석이든 그런저런 산문이든 무엇이 더 필요하겠는가. 그럼에도 불구하고 이 시를 나직이 읽어야 하리라.

# 점박이 눈

한 귀퉁이
꿈나라의
한 귀퉁이
－金宗三의〈꿈속의 나라〉
故 金宗三을 위하여

그대 세상 뜨고

길음 성당 안팎의 늦추위

점박이 눈이 내리고


길음 시장의 생선가게들을 지나

목판 위에서 눈 껌벅이는

(자세히 보면 껌벅이지 않는)

모두 입 벌린

(한꺼번에 숨 막혀 죽은)

생선들을 지나

얼어 있는 언덕을 올랐다


점박이 눈이 내렸다

가늘게 검정테 두르고

가운데 흰 점 박힌 눈송이들

머리와 어깨에 쌓였다

성당 정문에서 천상병 씨 부인과 인사 나눴을 뿐

문학판 사람들은 하나도 만나지 못했다

("그들은 그때 어디 있었는가, 오우버?"

"프라이버시 침해하지 말라, 오우버.")

낯선 문학청년 하나가

눈맞은 머리를 숙여 인사를 했다

"사진에서 뵌 선생님이시죠?

저는 김종삼 시인을 사랑한 놈입니다

발자국을 따르다 보니

예서 그만 끝이군요

앞으로 무슨 맛에 살죠?"

내 장례식에 혹시

이런 허황되고 멋진 청년이 올까?

(온다면 깊이 잠들기 힘들리)

기억하는가, 김종삼,

그대 홀로 헤매고 다닌 인수봉 골짜기

비 갓 갠 검은 냇물 위에

환히 맴돌던 낙엽 한 장을?

그 몇 바퀴의 삶을?


그대 장례식의 이 어두운 골짜기 같은

이 황당함, 이 답답함

영결미사가 시작되고
합창이 막을 열었다
신부님이 종을 흔들자
그대는 하느님의 이상한 아들이 되어 신발 한 짝 끌고
성가 속에 잠시잠시
숨었다 나타났다 했다
몰래 따라 들어가 보면
그대는 막 출발하는 버스에 매달렸다
신문지 말아 감춘 진로병을 가슴에 안고

눈이 껌벅여지지 않았다
추위 때문인가
입을 벌려도 숨이 답답했다
(마음이 얼얼하면
몸속이 환해지리)
그대 탄 버스 앞길에 자욱이 내리는 눈
점박이 눈이었다.

ー황동규, ≪악어를 조심하라고?≫, 문학과지성사, 1986.

이 시를 지금 다시 읽어도 그렇고 과거 한때 읽었을 때도 필자의 눈을 사로잡은 것은 영결식장에 참석한 시인 천상병 씨 부인과 '낯선 문학청년'이었다. 특히 그 낯선 문학청년이 누군지 지금도 궁금하다. 그리고 물론 문학판 사람들 중에서 황동규만 참석한 것도 오랫동안 잊혀지지 않았다. 지금 다시 아무리 타전하고 급히 문자메시지를 보냈다 해도 답문 한 줄 없을 것이다. 그 허전함과 외로움이 이 시를 촉발시켰을 것이다. 시는 언제나 그런 허전함과 외로움의 결과물이 아닌가. 고인도 시인도 독자도 허전하고 외로우니까 시인이 되었고 또 시를 남기고 시를 쓰고 시를 읽을 것이다. 그러나 이런 허전함과 외로움의 시대는 갔다. 그렇게 허전하고 외로운 시인도 시도 독자도 심지어 김종삼도 김종삼의 시도 막대한 '시의 시대'라는 것도 이제 결코 다시 돌아오지 않을 것이다. 시도 시인도 독자도 다 자기 시대라는 것이 있을 것이다. 서러울 것도 서운할 것도 없다. 이런 것도 각자 자기 무릎에 올려놓고 냉정하게 바라보아야 할 '인식'의 문제일 수밖에 없다. 다시 몸도 마음도 조금 더 '얼얼'할 것만 같다. 이를 테면 이런 마음 아픈 시 앞에서 시적 화자의 발언이나 점박이 눈의 상징적 의미를 더 운운하지 않아도 이 시는 이미 시가 되었다. 다만 이 세상을 막 떠나는 김종삼을 한 번 더 눈여겨볼 뿐이다.

좀 다른 말이지만 이 시와 관련이 있을 것 같아 편안하게 몇 줄 기억하고자 한다. 벌써 십오륙 년 전 일이다. 유난히 추운 날 12월 오후 어느 날이었다. 서초동 예술의 전당에서 황동규 시인의 시 낭독회가 있었다. 인터넷으로 참가 신청을 받았고 인원도 정해져 있었고 아마도 선착순이었을 것이다. 시인의 육성을 들을 수 있는 기회 같아 신청하고 나서 번호표를 받아보니 두 번째였다. 이미 아득한 추억이 되었고 아무도 그날을 기억하지 않을 것이다. 그날 받았던 팜플렛을 펼쳐보면 이 시와 관련하여 필자의 유독 많은 빽빽한 메모 자국을 볼 수 있다. 아득하지만 뭔가 들으면서도 부지런히 메모한 것만 같다. 암튼 그날 필자의 귀를 번쩍 뜨게 한 구절이 있었다. 황동규의 목소리가 갑자기 높아졌다. '문학판 사람들은 하나도 만나지 못했다' 그 다음… 그는 시를 낭독하지 않고 그의 단호한 심경을 툭 털어놓았다. "놀라웠다, 문학판 사람들 아무도 안 나왔다" 아! 시인의 심경은 허전함이 아니라 강한 서운함이었구나! 하고 곧바로 현장에서 알아차릴 수 있었고 또 심하게 느낄 수 있었다. 이 지상에서 김종삼의 마지막 날에 시인은 시적 화자를 통해 발언하고 있었지만 결국 시 밖에서 시인의 육성도 시적 화자와 크게 다르지 않음을 알 수 있었다. 필자로선 아주 귀한 현장 실황이었고 심정적으로 공감할 수밖에 없는 장면이었다. 그야말로 이런저런 허탈함과 답답함이 시가 되는 순간이다. 어떤 허탈함과 답답함이 곧 시가 되는 순간이었을 것이다. 김종삼이야말로 오랫동안 그런 허탈함과 답답함을 가슴에 달고 살지 않았을까.

그날 우면산 산자락에도 어둠이 깔리는 시간, 필자도 문학판 아는 얼굴 하나 없던 어색함과 낯설었던 심사를 어떻게든 타전하고 문자라도 하나 남기고 싶었을 것이다. 시는 그런 것이고 시인은 그런 것이다. (그 시는 이 책의 28~29쪽에 고스란히 실려 있다.) 그런데 황동규는 이 시 낭독 직후 다음과 같은 어둠이 섞인 말을 하나 더! 남겼다. "김종삼은 아름다운 사람이었다" 그리고 이어서, 술대접 한번 하려고 했으나 끝내 네댓 번이나 거절당했다는 말도 덧붙였다. 황동규한테는 술 얻어먹지 않으려 했고 자기 작품을 인정한 자한테 술 얻어먹지 않겠다는 '자존심' 같은 것이라고 그는 회고하였다. 시인과 시인이 이렇게 거룩하게 만나던 빛나는 시절이 있었다. 시인 김종삼도 시인 황동규도 할 말이 많았겠지만 시인들은 그저 시를 한 편 한 편 남길 뿐이지 무엇을 더 남겨야 하겠는가. 문학은 술이나 커피나 담배가 아니라 자존심을 먹고 사는 것이다. 시인들이 가끔 돌아보아야 할 지점도 여기 어디쯤일 것이다. (한국 현대문학사는 결코 빈약하지도 않고 허약하지도 않다. 한국 문학의 자존심은 존재하지 않는 것이 아니었다. 한국 문학의 자존심은 시인들의 가슴에도 우리들의 가슴에도 무럭무럭 자라고 있었다. 문학은 돈이나 권력이나 간판을 쫓아다니지 않을 때 빛날 것이다. 〈베테랑〉 영화 속에서 황정민의 대사도 그런 것 아니었던가. "우리가 돈이 없지, '가오'가 없냐?")

*

　방금 읽은 앞의 시가 '김종삼 이후'였다면 이제 곧 읽을 시는 '김종삼 생전'이라고 할 수 있다. 일러두기에서 미처 밝히지 못했지만 기성시인들의 작품 순서는 어떤 기준이 없다. 필자의 마음이 이끄는 대로 가는 것이고 필자도 필자의 볼펜 끝을 따를 뿐이다. 아쉽지만 김종삼에 관한 시편은 신체적으로 한 번도 뵌 적 없는 한참 후배 시인들보다 김종삼의 몸이나 얼굴을 먼발치에서라도 한번 보고 직접 한번 겪어본 김종삼 당대 시인들의 작품이 조금 더 '날 것'일 수밖에 없을 것이다. 생전의 김종삼을 읽히게 하는 황명걸의 이 시를 보면 마치 무슨 '비밀'을 엿보는 것도 같다. 어느 시인이든 언제나 외롭게 방랑하겠지만 그만큼 또 언제나 '마이너리거'로서 낙담하고 남루하기도 하였을 것이다. 어느 시든 어느 시인이든 그 무게를 감히 짐작할 순 없겠지만 그 무게라는 것은 아마도 어느 날은 무겁기도 하고 어느 날은 또 가볍기도 하였을 것이다. 어느 시인이든 그 무게를 제 몫으로 받아들이고 그저 자기 몫의 '시의 십자가'라 여겨 짊어지고 살아갈 것이다. 그 십자가를 내려놓지도 못하고 짊어지고 또 짊어지며 삶을 사는 것이며 시를 쓰는 것이리라. 조심스럽지만 필자의 소견은 이 시를 너무 무겁지 않게 읽었으면 좋겠다. 이 시의 무게는 이미 이 시가 짊어졌다. 독자들은 굳이 그 짐을 짊어질 까닭이 없다. 슬프기도 하겠지만 슬픔도 시의 몫이고 시인의 몫이다. 시인은 어디서나 메이저리그는커녕 고작 마이너리그 정도일 것이다. 그 어떤 주류 근처에 가지도 끼지도 못하고….


## 마이너리그

—김종삼 시인


'종삼'의 분위기를 풍기며
삼류를 자처했던
마이너 리그 소속
김종삼 시인


그는 모리스 라벨을 좋아했다
그리고 무척 시행을 아꼈다
뒷주머니에 비죽 거죽을 내민 월급봉투를
무슨 비밀이라도 들킨 양 황망히 쑤셔 넣으며
곶감 빼어 먹듯 지폐를 뽑아 썼다
급기야는 씨를 말렸다
그러고는 돈을 꾸러 다녔다


낡은 베레모 앞으로 눌러 대머리를 감추고
여윈 양손 바지 호주머니에 찌르고서

성병 걸린 사람처럼 어기적어기적 걷던

안짱다리 사내


툭하면 쌍놈의 새끼 소리를 연발했던

못 말릴 선배

그는 시에 있어서 지독한 구두쇠였다

일상에 있어서는 믿지 않은 무뢰한이었다

정신적으로는 고독한 배가본드였다

삶의 철저한 리버럴리스트였다

　　　　　　　－황명걸, 《내 마음의 솔밭》, 창작과비평사, 1996


　리버럴리스트라든가 배가본드라든가 무뢰한이었다는 것
도 또 구두쇠였다든가 못 말릴 선배였다든가 월급봉투의 씨
를 말렸다든가 어기적어기적 걷던 안짱다리 사내였다든가
그런 것은 바로 옆에서 직접 지켜본 황명걸 시인의 솔직한 관
찰이고 해석이니 필자로선 더 덧붙일 것도 없다. 시는 오롯이
그 작자인 시인의 주관적인 사유(思惟)의 결과물이기 때문이
다. 그 주관적이며 그 주체적인 사유와 관점이 시인의 사명이
며 또 운명이다. (잠시 생각하면 김종삼은 누굴 향해 그렇게
쌍놈의 새끼 쌍놈의 새끼를 연발 했는지 좀 궁금하긴 하다.)
그러나 필자는 여기서 그런 말을 하고 싶지는 않다. 그러나
시라는 것도 삶이라는 것도 꼭 정해놓은 어떤 목적지에 정확

히 도달하는 것이 아니다. 가령 지하철을 타고 가다가 우연히 말을 나누게 되었고 그 말이 이어져서 연애도 하고 결혼도 하고 또 앞으로 함께 살아가는 인연도 있다. 필자는 거듭 말하지만 황명걸의 시에서 꼭 되뇌고 싶은 구절은 따로 있다. 이것도 주관적인 관점이며 결과물이다. 식상하지만 모든 사랑은 편애일 것이다. 모든 진리는 편견이고 모든 식성도 편식일 것이다. 옆으로 너무 김이 새는 것 같다. 뭐든지 김이 새면 안 된다. 다시 이 시에서 되뇌게 하는 구절이 있다면 독자는 먼저 어느 구절을 되뇌게 될 것인가? 독자도 각자 그 입맛에 따라 어느 한 구절을 편식할 수 있다. 그렇다고 아무거나 덜컥덜컥 입에 넣을 순 없다.

자 이제 필자의 주관적 주체적 시선을 드러낼 차례가 되었다. 필자는 먼저 2연 마지막 행 '그러고는 돈을 꾸러 다녔다'는 구절에서 김종삼의 동선을 생각하였다. 물론 시인도 돈을 꾸러 다니고 독자도 돈을 꾸러 다닌다. 시인도 돈이 필요하고 돈을 벌어야 시도 쓰고 밥도 먹고 술도 마신다. 위에서도 말했지만 다시 이 시를 무겁거나 정색하며 한 자 한 자 또박또박 끊어서 읽으면 정확한 독서가 안 된다. 오히려 시의 행간을 읽어야 한다. 좋은 독서는 시의 행간을 읽어야 한다. 시의 행간에 시인의 마음과 시의 마음이 어리기 때문이다. 황명걸의 이 시도 마찬가지다. 시의 표면도 중요하지만 시의 이면을 시인이

가늘게 손짓하고 있는 것이다. 즉 시는 액면 그대로 받아들이면 곤란할 때가 많다. 시가 상징하는 바를 또 짐작해야 한다. 그리고 이 시의 1연 2행과 3행을 보라. 그 상징하는 바를 미루어 짐작해야 한다. 다시 조금 거칠게 말하면 김종삼은 결코 한국 시의 '삼류'가 아니다. '마이너리그'도 아니다. (그러나 오해의 소지가 다분히 있겠지만 시인은 대체로 마이너리그이며 아웃사이더이며 심지어 언더그라운드라는 생각은 필자만의 오래된 잡념이며 푸념일까?) 여기서 길게 또 말할 순 없지만 참고가 될 만한 자료를 한 두 개 밝혀두고 싶다. 오래 전이지만 장석주 편 ≪김종삼 전집≫(청하, 1988년 12월 31일 발행)을 보면 김종삼 시에 관한 중요한 평론들이 있다. 이를테면 〈비세속적인 시〉(김주연), 〈평화의 시학〉(이승훈) 등이 있다.

그리고 또 하나 위의 시에서 눈길을 끄는 것은 '모리스 라벨'이다. 김종삼 시에서처럼 많은 음악가가 등장하는 사례도 없을 것이다. 모차르트, 드뷔시는 단골손님일 것이다. 프랑스의 인상주의 음악을 대표하는 작곡가이며 평생 독신이었던 모리스 라벨도 김종삼 시의 고객이었다. 여기서 꼭 짚어야 할 부분은 김종삼의 생애와 문학을 이해하기 위해선 – 어떤 사람의 생애나 문학은 결코 이해하기 위한 영역이 아니다. 특히 시인의 생애나 문학은 결코 이해하기 위한 영역이 아니다. 결코 이해해야 할 영역도 아니고 이해되어야 할 영역도 아니다.

그렇다고 시인의 생애나 문학을 문학관이나 박물관에 오랫동안 보관하고 관리하자는 것도 아니다. 다만, 이해하기 어려운, 그리고 이해되지 않는, 굳이 이해하지도 않아도 될 '암흑과 같은 영역'이라고 말하면 너무 어둡게 말한 것인가. 잠깐 김종삼은 오랫동안 동아방송(kbs 2 전신)에서 음악 효과 정식 담당자였다. 삶의 현장이 문학의 현장을 조금이나마 차지할 수밖에 없는 일종의 정신적 지분인 셈이다. 그의 음악에 대해선 좀 더 전문적인 관찰이 필요할 것이다. 이 부분은 필자의 역량을 넘어서는 것이다. 고전음악을 좋아한다든가 또 조금 들었다는 것만으론 김종삼의 음악을 이해하기가 어렵기 때문이다. 김종삼의 음악은 그의 직업이며 본업이며 그의 삶의 일부이며 전부이며 그의 문학의 본령과 같은 것이다.

*

이어서 읽을 천상병의 시는 1984년 12월 8일 세상을 뜬 김종삼도 얼핏 읽었을 것만 같다. 왜냐하면 거의 '김종삼 별세 직후' 김종삼과 관련된 시이기 때문이다. 이숭원 교수의 ≪김종삼의 시를 찾아서≫(태학사, 2015.)에서 재인용할 이 시는 1985년 ≪현대문학≫에 수록된 작품이다. 필자는 선배 문인이 작고했을 때 문상을 다닌 적은 있었지만 발인 날까지 참석하기엔 어려웠다. 그래서 발인 날에 관해선 어떤 정보도 없지만 가요계 쪽의 식순엔 고인의 대표곡이 은은히 울려 퍼지는 순서가 있다고 들었다. 우리 업계에선 어떻게 하는지 구체적으로 알 순 없지만 예컨대 고인과 가까운 동료나 후배 시인이 추모시를 써서 낭독한다고 들었다 그리고 좀 지나면 어느 잡지에선가 마련하는 추모 특집도 눈에 띄곤 한다. 아마도 천상병의 이 시도 그런 자리였을 것이다. 10년 연하 후배 시인이 10년 연상 선배 시인을 향한 추모시는 그 자체가 이미 경건하고 심지어 숭고하지 않은가. 천상병의 떨리는 목소리가 들리고 김종삼의 큰 귀가 끄덕끄덕 흔들리는 것 같다. 좀 안 어울리는 말 같지만 좋은 것은 언제나 섬세하고 부드럽고 또 따뜻하다. 1980년대 중반 무렵 인사동 어귀에서 어느 평론가를 뒤따르다 평론가 앞을 가로막던 천상병의 모습이 떠오른다. 그때만 해도 문단 말석에 앉지도 못한 필자로선 지면에서나 보던 시인의 앞모습을 친견한다는 것 자체가 축복이었다.

### 김종삼 씨 가시다

종삼 형님 가시다.
그렇게도 친했고
늘 형님! 형님으로 부르던
종삼 형이 드디어 가시다.

언제나 고전음악을 좋아했고

사랑한 종삼 형은

너무나 선량하고 순진하던

우리의 종삼 형이 천국에 가셨다.


내가 늘 신세졌고

가르침을 주던 종삼 형

참으로 다감하고 다정하던 종삼 형

말 없던 그 침묵의 사나이

언제 내가 죽어서 다시 만나랴?

-천상병, ≪현대문학≫, 1985년 2월호


'다정한' 형님도 보이고 '순진한' 동생도 보인다. 문학판도 사람이 모였다 흩어지는 곳이다. 물론 문학판은 다른 판과 다르게 사람보다 문학이 우선이다. 아무리 사람이 좋아도 문학이 없으면 문학판에선 잠시 망설이게 된다. 어쩌면 문학은 문학일 뿐인가? 문학은 결국 문학만 남겨놓고 작가는 떼어놓을 것인가? 그러나 (지금은 마치 셧다운 시국 같지만) 문학판도 문학하는 사람들의 판이다. 이를 테면 문인 두 명만 모여도 그곳이 곧 문학판이고 동시에 문단이 되는 것이다. 필자도 오랫동안 어느 진영의 문학판에서 모이라면 모이고 흩어지라면 흩어

지곤 했었다. 문학판의 뒤풀이 술자리조차 문학판이고 문단
이라 생각하며 거의 빠짐없이 참석했다. 어떨 땐 그 문학판 동
료의 집안 혼사나 경조사도 꼬박꼬박 참석했다. 그곳도 문학
판이고 문단이었다고 필자는 여기고 싶었을 것이다 실제로 그
곳에 가면 문학판이 되고 문단이 되었다. 그곳에서 시집 출판
경로나 문단 소식이나 선배나 동료들에 대한 근황이나 정보를
많이 얻어듣곤 했다. 그러나 듣자마자 곧 거의 다 잊어버려야
할 것이 더 많았다. 그래도 듣는 순간 시 한 편을 얻은 것처럼
기뻤다. 어느 핸가 몇몇 시인들과 함께 서울 근교의 산을 오른
적도 있었다. 그때 그 관악산 꼭대기가 문단이라고 생각했었
다. 아무튼 위의 시를 봤을 때도 시 한 편 얻은 것처럼 기쁜 마
음이었다. 읽는 순간 결코 곧 잊어버려야 할 시가 아니었다.

솔직히 김종삼을 천상병이 썼다는 것도 기쁜 마음이다. 좀
더 외로운 사람이 좀 더 외로운 사람을 알아보는 것 아닌가.
김수영이 김종삼을 만나 '종3'에서 술잔을 기울였을 때도 좀
더 외롭고 쓸쓸한 저녁 무렵이었을 것이다. 천상병이 김종삼
을 쓸 때도 좀 더 외롭고 쓸쓸한 밤이었을 것이다. 시인이 시
간 정해 놓고 시를 쓰는 것은 아니겠지만 아마도 좀 더 외롭
고 쓸쓸한 시간대였을 것이다. 아니다 다시 말해야겠다. 시든
시인이든 특정한 시간대라는 게 없다. (시든 시인이든 언제나
24시간 내내 좀 더 외롭고 쓸쓸하고 따분하고 또 허무하고

무상하고 무료하다. 그리고 그런 것들이 시한테 오롯이 이동하는 것이다. 좀 더 심하게 말한다면 시인에게 있어서 시가 되지 못한 외로움이나 쓸쓸함이나 따분함이나 허무함이나 무상함이나 무료함은 외로움이나 쓸쓸함이나 따분함이나 허무함이나 무상함이나 무료함이 아닐 수도 있다.) 천상병이 김종삼한테 신세를 졌다는 것도 마음 아프지만 한편 기쁜 일이다. 말이 없고 침묵의 사나이였다는 천상병의 증언도 한편 기쁜 일이다. 시는 침묵 속에 싹튼다는 것을 동 업계 종사자는 다 아는 것이기 때문이다. 말이 많고 침묵하지 않았다면 시인이 되지 못하고 시가 되지도 않았을 것이다. 오오 시인의 무거운 침묵이여 시의 무거운 침묵이여 이 땅의 침묵의 동지들이여 손 없는 날 소맥이라도 한잔하리라.

천상병 앞에서 무거운 침묵보다 말이 많았다. 이 시에서도 고전음악을 좋아하는 김종삼의 취향을 또 엿볼 수 있다. 김종삼에게 음악은 사실 취향이 아니다. 김종삼에게 음악은 생업이었으며 본업이었으며 문학 그 자체였을 것이다. 아마도 그가 황동규의 말처럼 '신문지 말아 감춘 진로 병을 가슴에 안고' 세상을 떠난 것이 아니라 신문지 말아 감춘 모차르트와 바흐 혹은 말러와 드뷔시를 가슴에 안고 '어기적어기적' 세상을 떠났으리라. 김종삼의 가슴에 대고 물어볼 순 없지만 김종삼의 가슴엔 이미 모차르트와 소주 한 병이 안겨져 있었으리라. 그리고 그의 가슴엔 또 김관식, 윤용하, 김수영, 김소월, 김종문, 전봉건, 베토벤, 슈베르트, 고흐, 프랑크, 말라르메, 사르트르, 로트랙77, 이중섭, 전봉래, 나도향, 한하운, 임긍재, 정규, 나운규, 장만영, 방인근… 아아 어느 한 시인의 가슴이 이만하다면 그 가슴에 무엇을 더 쌓을 것이며 무엇을 또 무너뜨릴 수 있으랴. 김종삼의 음성으로 말한다면 김종삼은 이미 '그들을 한 번씩 방문'하고 또 방문하였으리라. 이렇게 많은 시인들과 예술가들을 시에서 거론한 시인이 또 있을까? 다시 이 시 끝에 한 마디 더 덧붙인다면 아무리 큰 칼과 큰 펜을 쥐고 살아도 선배 시인들 앞에선 적어도, 잠시, 공손하고 싶다. 뭐 그런 맛과 멋이 좀 있어야 하지 않을까. 뭐 그렇더라도 큰 칼과 큰 펜이 갑자기 선배들 앞에서 무뎌지거나 작아지거나 부러질 것도 아니다. '순진한' 형님도 있고 '다정한' 동생도 있다. 어느 업계든 선배는 넘어가야 할 장벽 같은 산이지마는 다 무너뜨려야 할 장벽 같은 산은 아닐 것이다. 그리하여 김종삼 앞에서 조시를 낭독하듯 시를 쓴 천상병의 모습이 새삼 빛나는 순간이다. ('고(故) 천상병 추모시'는 과연 누가 쓰고 또 누가 읽었을까?)

*

이런 엉뚱한 생각을 한번 해보았다. 가령 김종삼의 시를 영역하여 외국의 독자들에게 읽힌다면 그들은 어떻게 읽을까. 그러나 외국인 독자들이 김종삼을 읽지 않아도 외국에서 김종삼의 시를 읽고 김종삼을 생각하는 한국인 독자들은 있을 것이다. (그들도 몹시 외롭거나 술을 좋아하거나 고전음악 마니아들일 것이다.) 특히 외국 땅에서 한국어로 시를 쓰는 한국어의 시인이라면 김종삼의 시도 읽고 문득문득 김종삼도 생각할 것이다. 아니면 이미 또 하나의 김종삼이 되어 버린 것일까. 아니면 김종삼도 김종삼의 시도, 김종삼의 시대도 다 가버린 것일까. 그럼에도 불구하고 김종삼을 거치지 않고 김종삼을 피해 간 후배 시인들이 있을까. 김수영을 거치지 않고 김수영을 피해 간 후배 시인들이 있을까. 아무튼 외국에 거주하든 외국에 나가 사흘 정도 지났는데, 김종삼을 피하지 않고 오롯이 김종삼을 생각한다는 것은 또 그만큼 귀한 일이 아닐 수 없다. 하여 여기 또 김종삼에 관한, 귀중한 시 한 편이 눈앞에 천천히 나타날 것이다. 김종삼한테 숱하게 나타났다 사라졌다 하던 이국적인 풍경과 정경도 생각났지만 막상 이국에서 김종삼을 기리는 시를 쓰고 그 시를 읽어야 하는 시인의 심경은 또 어떤 것일까? 다만 이 시는 김종삼만 등장하는 것이 아니다. 시인과 시인의 아내가 동시에 입장하고 있다. 귀중하다 못해 아주 희귀하기도 하다.

# 김종삼과 시인의 아내

### —런던

런던에 도착한 지 사흘 만에
부고를 듣는다 정귀례 여사
남편을 잃고 35년을 더 살다간
김종삼 시인의 아내

집안에 돈 한 푼 가져다 준 적 없이
남편은 밤마다 술 취한 채로 돌아와
시를 썼다고
가냘프게 입을 막고 웃던 그녀

낮과 밤을 바꾸려고 애쓰다가
기어이 일어나 앉은 타관의 밤에
아내를 다시 만난 김종삼처럼 술을 마시고
시인처럼 시를 써 본다

그의 웃음이 다르고
시인의 가난이 다르고
저 따라갈 수 없는 구부정한 외로움이 달라서
나는 겨우 술이나 한잔 더 따라 마실 뿐이다

술 취한 비가 내려

빗소리에는 '시인의 못됨으로 잘 모른다*는 그 말

이제 아내를 만나 시 없이 술 없이도

오래 오래 웃는 김종삼

\*김종삼의 시 〈누군가 나에게 물었다〉 중에서

─심재휘, ≪시와 문화≫ 2019년 가을호

런던에서 김종삼을 생각하고 김종삼의 아내를 생각한 심
재휘 시인을 생각하게 하는 밤이다. ('김종삼처럼 술을 마시
고 시인처럼 시를 쓰'는 시인의 모습이 떠오른다.) 아마도 밤
에 썼을 것 같은 이 시는 밤에 읽어야 하고 이 시는 깊은 밤
술 한잔 놓고 읽어야 할 것 같다. 그러나 필자는 술 없는 밤에
이 시를 읽는다. 필자도 술에 관한 한, 할 말보다 피해야 할 말
이 더 많다. 술은 시인에게 무엇일까. 시인은 술한테 무엇일까.
시와 술은 무슨 관계가 있는 걸까. 김종삼의 술은 어디서부
터 시작되었을까? 김종삼의 시에서 한 줄 인용한다면 '아우
는 스물두 살 때 결핵으로 죽었다/나는 그때부터 술꾼이 되
었다'에서 그 단서를 찾을 수 있다. 그 외에도 시 몇 편에서 또
술에 관한 단서를 찾을 수 있다. 그러나 시인에겐 술은 어떤
도피처나 위안은 아니었을 것이다. 시인에게 무슨 도피처가

있으며 또 무슨 위안이 있겠는가? 좀 다른 말이지만 시인은 술 밖에 나서면 어디로 가야 하나. 그리고 시인은 시 밖에 나서면 어디로 가야 하나. 시인의 발걸음이 자유롭지 않다. 시인의 자유는 시 안에서만 허용되는 것인가. 그렇다면 시인의 시는 시 안에 두고, 시 밖의 시인의 일은 시 밖에 그냥 두면 어떻게 되는 걸까. 김종삼이 아무리 술을 좋아하고 음악을 좋아했다고 해도 그가 남긴 것은 오직 2백여 편의 시뿐일 것이다. 아아 '내용 없는 아름다움'이여!

　김종삼의 술 한잔이 멀리 있는 어느 시인의 밤을 '타관의 밤'을 취하게 한다. 이런 술 한잔의 밤이 깊어 가는데 필자는 술 없이 이 시를 읽고 있다. 잠깐, 시인은 술 말고 또 무엇을 빚진 걸까. 김종삼이 굳이 빚진 것이 있다면 시인의 아내일 것이다. 그러나 돌아보면 시인은 술한테 빚진 것도 없고 독자들한테도 빚진 것도 없다. 그저 문우들한테 빚진 술값 정도만 남아 있을 것이다. 그러나 아내한테 빚진 것은 좀 많을 것이다. 특히 술 좋아하는 시인들인 경우엔 더 말할 나위가 없을 것이다. 혹시 이 밤에 이 글을 읽는 이 땅의 시인들의 아내여! 차라리 시인들을 용서하지 마시라! 김종삼처럼 말한다면 '지은 죄 많아/죽어서도/영혼이/없'는 시인들을 용서하지 마시라. 다시 말한다면 영혼도 없으니 그저 시인들의 시만 홀로 남아서 그 시 하나 하나가 시인들의 죄를 대속(代贖)할 뿐이리라. 불쌍한 한 편 한 편의 시여! 영혼이여! 시인들의 영혼을 뒤치다꺼리하는 시의 영혼이여! 시인의 죄를 뒤치다꺼리하는 시의 영혼이여! 그리고 시인의 영혼이여! 그래도 시 한 편이 시인의 웃음을 따를 수도 없고 시인의 가난을 따를 수도 없고 시인의 휘어진 외로움을 따를 수도 없을 것이다. 시여 차라리 그대도 술 한잔 하시라. 그리고 아무리 뒤치다꺼리를 다 했다고 해도 술을 한잔 따라놓았다 해도 남아있는 것은 결국 '시인의 아내'일 것이다.

깊은 밤 타관에서 무거운 술잔을 들고 있는 위의 시인처럼 김종삼도 아내 앞에서 무거운 술잔을 들었다 놓았다 할 것이다. 그렇다고 어떻게 아내 앞에서 술잔을 덥썩 들어 높이 들겠는가. 다시 또 무거운 술잔을 들었다 내려놓았을 것이다. 세상에 떠돌아다니는 말 하나, 이 세상에서 가장 힘든 노릇이 '시인의 아내 노릇'이라고 하더라. 시인의 아내를 둔 시인이여 오직 좋은 시를 써서 보답해야 하리라! 시인으로서 할 수 있는 게 더 무엇이 있겠는가. 또 하나 이 시는 '술 취한 비가 내'리는 밤에 읽어야 한다. 빗줄기 하나하나에 귀를 기울이듯 술잔을 기울이며 김종삼에 몸을 기울이며 시를 읽어야 하는데 이 시 앞에 술잔도 없고 이 시 앞에 빗줄기도 빗소리도 없는 밤만 깊어 가고 있다. 그러나 무엇보다 김종삼과 시인의 아내의 밤은 깊어가고 있으리라. 다시 술 없이 술 없어도 비 없이 비 없어도 '웃는 김종삼'처럼 꼭 웃어야 할 밤이다. 이제 시도 좀 웃어야 하고 시인도 좀 웃어야 하고 독자도 좀 웃어야 하고 시인의 아내도 이제 좀 웃어야 한다. 필자는 오래 전부터 한국 시에서 부족한 것 중 하나만 꼽으라면 늘 '웃음'이라고 누차 말했다. 이 시 마지막 시행의 '웃는 김종삼'처럼 큭큭 '웃는' 시가 봄 꽃처럼 활짝 피어나야 한다. 다시 아주 먼 타관에서 '입을 막고 웃'던 시인의 아내와 시인도 잠시 만나 모처럼 오래 오래 웃을 것만 같다. 시인의 아내여! 당신의 시비 근황도 좀 전해 주시고 천상병 소식도 전해 주시고 김영태 소식도 전해 주시길….

*

'김종삼 이후'에도 시인들은 김종삼을 먼 타관에서도 만나고 또 거울 속에서도 만난다. 곧 읽게 될 박중식의 시는 거울 속에서도 김종삼을 만난다. 특히 박중식 시인은 김종삼 생전에도 사후에도 각별하다. 김종삼의 아내도 어디선가 과거 광릉수목원 옆에 있던, 지금은 소흘읍 고모리에 있는 시비의 돌도 박 시인이 아니면 누가 다니면서 구하고 시비를 세웠겠는가 하고 말했다. (참고로 그 돌을 또 특별한 시비로 반듯하게 다듬은 이가 조각가 최옥영 교수이다.) 암튼 그런 일련의 일은 박중식 개인의 힘에 의한 시작이었으며 결과물이 되었다. 그리하여 여기 또 '아름다운 사람'이 있다. 위에서 언급했던 이승원 교수의 책 22쪽을 보면 시비를 세운 박중식을 '의인'이라고 하였다. 이런 것이 필자가 보기엔 한국문학의 자존심이며 한국 문학 장(場)의 자긍심일 것이다. 한 시인이 이렇게 큰일을 할 수 있다는 걸 그가 보여주었다. 여기서 말하기엔 좀 그렇지만 1970년대, 1980년대 그 혹독한 암흑의 시대를 이 땅의 수많은 민중들과 함께 온몸으로 겪어낸 이 땅의 시인들이 있었다. 그들도 '의인'일 것이다. 시인은 비록 영웅이 될 순 없겠지만 그들은 그 한 몸으로 커다란 역사가 되기도 하고 또 커다란 분노와 슬픔이 되기도 하였다. 거룩한 순간이 아니었던가. 그러나 이제 시인은 신념을 손에 쥐고 있는 투사가 아니라 펜을 한 손에 들고 동네 골목길이나 배회하는 소소한 단독자에 가까울 것이다. 이 시인의 또 다른 김종삼 관련 시를 최근에 읽었다. "순교자 金宗三 씨는 쓸개를 터뜨리며 외쳤다 '나는 집을 나왔다'라고"(《吉音시장에서》).

## 거울 속의 김종삼 2


《김종삼 전집》 앞부분에
먹물로 내가 그린
붓질 몇 장을 보여드렸다

가만히 들여다보시더니
뽈잔을 놓고
청색 골덴 모자로 웃었다

조용한 종로 3가 뒷문을 열고
들어갔는데
방안은 청수장 정릉 어디쯤 비탈이 나왔다

삼림 속 글쟁이들이 모여
무슨 시 나부랭이인가 지글지글 석쇠에 구우며 웃고 떠드는
왁자지껄 화탕 극락이었다

무지개로 누워있는
만취한 시체들은
하나같이 만다라 덩어리들인데

깡마른 체구로 깐깐하게 떠난
시붕(詩朋) 권명옥 씨는
보이지 않았다

—박중식, ≪산곡≫, 황금알, 2016.

아마도 김종삼은 거울 속에서도 아님 거울 속보다 더 먼 곳

에서 그 예의 또 많은 문인들과 예술가들을 만났을 것이다. 김종삼이 저곳에서도 이곳과 달리 아무나 만나고 다니진 않았을 것이다. 그가 만나 '웃고 떠드는' 글쟁이들은 이미 그의 시에 등장한 이들일 것이다. 그들이 누구인지 궁금하다면 그의 시집을 펼쳐보면 금세 알 수 있다. 앞에서도 한번 언급했지만 그처럼 많은 글쟁이들을 한국 시의 표면에 등장시킨 시인도 드물 것이다. 그리고 여기 또 김종삼 시인학교의 영원한 모범생 같은 시인이 있다. 그는 꿈속에서도 거울 속에서도 시 속에서도 시 밖에서도 그의 수양아버지들—박용래, 김종삼, 천상병—의 수양아들로서 착한 효자 시인이 되었다(바로 위의 시집 42쪽). 덧붙여 박용래, 김종삼, 천상병은 한국 현대문학사에서 아주 크게 빛나게 살았던 시인은 아닐 것이다. 그러나 박용래, 김종삼, 천상병의 시는 아주 빛나게 살았던 시인들의 시보다 여기 착한 수양아들 시인의 가슴 속에서 또 많은 후배 시인들의 가슴 속에서 더 크게 빛나고 있을 것이다. 예술의 운명이란 것도 시인의 운명이란 것도 당대에 빛나기 어려운 운명인가 보다. 당대에 빛나지 못한 시의 운명과 시인의 운명이여! 영원하라. 그러나 그들이 지금 모여서 왁자지껄하던 곳은 종3이나 청수장이 아니라 아! '화탕 극락'이었다.

이 시에 또 등장하는 《김종삼 전집》과 종로 3가와 정릉 청수장은 김종삼과 다 인연 깊은 것들이다. 먼저 《김종삼 전

집≫은 앞에서도 말했지만 정석주의 청하 판이 있고 이 시에
도 등장하는 권명옥의 ≪김종삼 전집≫(나남출판, 2005년 10
월 15일 발행)이 있다. 필자는 첫 전집이었던 청하 본에 대한
기억이나 추억이 많다. 지금도 거실 책꽂이에 꽂혀 있고 어디
쯤 꽂혀 있는지 늘 알고 있으며 지금이라도 금방 찾아서 꺼내
볼 수 있다. 권명옥 엮음의 전집은 그가 김종삼의 시 216편과
산문 등 총망라한 것을 보면 김종삼 문학에 얼마나 집중했는
지 한눈에 읽어낼 수 있다. 그 또한 김종삼 문학의 귀중한 자
산이 아닐 수 없다. 이런 것이야말로 한국문학의 생명이고 생
명력일 것이다. 어느 한 시인의 전집은 여러모로 의미 깊은 일
이고 가치 있는 일일 수밖에 없다. 왜냐하면 그 시인의 모든
작품을 한 곳에 모아놓은 기념비적인 텍스트일 뿐만 아니라
그의 문학적인 위상을 짐작할 수 있는 텍스트이기 때문이다.
모든 시인들의 작품을 다 전집이라는 이름으로 한 곳에 모아
둘 필요는 없을 것이다. 그러나 여기저기 흩어져 있던 시집이
나 작품을 전집으로 모아 놓았을 때 그 시와 시인이 더 돋보이
는 경우가 있다. 필자의 소견으로는 김수영, 김종삼이 그런 경
우에 속할 것이다. 좀 까칠하게 말한다면 이 업계는 아무나 전
집을 내고 아무나 시집을 내는 그런 허술하고 만만한 곳이 아
니다. 그렇다고 까다롭게 하고 엄격하게 해서 검사필증 같은
것을 만들자는 것은 아니다. 김종삼 전집, 김수영 전집에 대한
필자의 소중한 심경이 좀 노출된 것 같다. 그리고 위의 두 시인

이 책임 편집한 김종삼의 전집에 수록된 작품에 대한 서지적 (書誌的)인 측면에서 비교하고 대조하는 일은 필자의 소관사항이 아니다. 그리고 육안으로 미처 대면하지 못했지만 방대한 자료와 또 많은 편찬위원이 참여한 ≪김종삼 정집≫(북치는소년, 2018년 11월 10일 발행)이 있다. 직접 만나진 못했지만 소문만 들어도 설레는 마음을 감출 수가 없다.

정릉 산꼭대기 그리고 정릉과 붙어 있는 길음동은 김종삼 문학의 무대가 되었고 시인의 생활 근거지이기도 했다. 주민 등록 등본을 갖다놓고 구체적으로 여기지, 여기지 라고 일일이 표시할 순 없지만 정릉, 길음동은 김종삼의 유서 깊은 장소일 것이다. 길음 성당도 길음 시장도 그 어디쯤일 것이며 김종삼문학의 유적지 같은 곳이다. 시인의 생활 근거지가 시인의 문학적 배경이 되는 것은 지금도 아주 자연스러운 일이다. 그러므로 시인의 자리는 혹시 변방 어디쯤 앉았다 해도 시인의 문학적 자리는 지리적인 변방이 아니라 그곳이 곧 그의 문학의 중심이며 근원이 되는 것이다. 궁극적으로 시인에겐 변방이란 게 있을 수 없다. 김종삼에 관련된 기성시인들의 시에도 등장하고 김종삼의 시에도 등장하는 종로 3가나 정릉은 변방이 아니라 김종삼 문학의 중심이 되는 지역이다. 종로 2가에서 종로 3가에 이르는 뒷골목은 필자에게도 매우 중요한 장소이다. 필자가 서울에 첫 깃발을 꽂은 곳이 종로 2가이

며 필자도 종로 2가에서 종로 3가에 이르는 뒷골목을 거닐곤
했었다. 그러나 그때 그 시절 종로 3가에서 김종삼을 정면으
로 마주쳤다 해도 김종삼을 지나쳤을 것이다. 아무튼 안타깝
게도 필자는 그와 종3에서 마주치지도 않았고 그의 부음을
듣지도 못했고 그의 시비 제막식에 참석한 적도 없다. 그러나
다만, 필자가 어찌어찌하여 무슨 유물처럼 김종삼 전집 갈피
에 곱게 넣어둔 A4만 한 신문기사(한국일보 1981년 1월 23일
자 김종삼 생전의 인터뷰) 한 조각이 그에 관한 유일한 물증
이며 상징적인 유품인 셈이다.

*

앞의 시에 시붕(詩朋)으로 등장한 권명옥과 그가 엮은 김
종삼의 전집에 대해 이미 한 줄 언급했지만 아시다시피 이 글
은 먼저 그가 쓴 김종삼 관련 시에 관한 지면이다. 오래전 필
자는 어쩌다 이 시인의 부음을 아침신문 지면을 통해 즉시 알
았다. 그렇다고 문상을 다녀온 것은 아니다. 생전에 신체적으
로 한 번도 부딪친 적도 없고 더구나 통화를 한 적도 없고 어
떤 인연도 없지만 그의 일화 하나쯤은 알고 있다. 그저 야사
같은 것이겠지만 여기선 그만 하고 다음 시를 같이 읽어볼 차
례가 되었다. 새삼스럽지만 여기서 시는 그냥 '읽는' 장르이다.
시는 시와 독자의 감수성이 서로 맞닥뜨리는 장르이다. 시는

분석하고 해석하는 장르가 아니다. 시는 주석을 달면서 이해하고 또 이론을 대입하는 장르도 아니다. 시는 그저 소박하게나마 가슴으로 읽고 가슴으로 느끼고 가슴으로 생각하고 가슴으로 잠시 대화하는 것이다. 어쩌면 잠시 가슴으로 침묵하는 것이다. 다시 이 시는 김종삼 단독 출연이 아니라 시인 한하운과 공동 출연이다. 필자는 개인적으로 오다가다 시의 길목에서 가끔 선배 시인들을 만나면 무지 반갑고 기쁘고 또 슬프고 고맙다. 시인들이 무슨 동지애를 주고받은 동맹 관계는 아니겠지만 약간의 형제애 같은 것은 있지 않을까? 어쩌다 시인들이 한곳에 모였다 해도 다들 제 무게에 힘겨워 할 것이며 또 제 시선에 신경을 쓰느라 한눈팔고 있을 것이다. 이 또한 필자의 개인적이며 사적인 생각일 뿐이다. 시인은 역시 각자 뿔뿔이 흩어져서 외롭게 살아가는 존재들이다. 동의한다. 다만 후배가 선배 시인을 호명하는 것이 비유가 적절하지 않겠지만 어느 후배가수가 선배가수의 노래를 멋지게 부르는 것과 같다면 많이 빗나간 것일까. 참고로 이런 말을 이 시 앞에 덧붙인다면 그는 1941년 강릉 태생이며 강릉상고 출신이다.

배론 땅


한하운과

김종삼
두 사람의 봄밤 정담이 한창이다

　　두 사람의 정담은 이날따라 먹개구리 요란한 울음소리에 자
꾸 지워지고 있었다 찍찍거렸다 짤리고 있었다 어느 카스트라
토의 마지막 레코딩은 몹시 목이 쉬었다.

－권명옥, 《남향》, 열화당, 2004.

　　배론 땅은 충북 제천 봉양면에 있는 한국 천주교의 역사적
인 성지다. 조선 정조 때 신해박해를 피해 옹기를 구워가며
신앙공동체를 이루었던 곳이다. 이곳에서 한하운과 김종삼
이 편안한 봄밤에 정담을 나누고 있다. 시인 둘이서 정담을
나누던 곳이 한국 천주교의 유서 깊은 성지였다는 것이 깊은
울림을 준다. 그곳은 박해를 피해 신앙을 지키고 또 신앙을
지켜낸 곳이다. 그리고 시인 한하운에 대해선 필자로선 늘 두
가지가 동시에 떠오른다. 하나는 한하운의 천형(天刑) 같은
오랜 병고이며 다른 하나는 그의 시집을 길에서 우연히 주운
어린 중학생이 그 길로부터 시인의 길로 들어섰다는 것이다.
우연이 필연이 되는 순간이다. 운명이 되는 순간이다. 좀 다른
말이겠지만 시인은 남들로부터 주목 받는 업종이 아니다. 거
창하게 말해 천직이거나 천명 같은 것이 아니라 누구의 말처
럼 "제 좋아서 하는 일"일 뿐이다. 하여 "군이 존경할 필요도

없고 귀하게 여길 필요도 없다"고 한 마디로 딱 잘라서 선명하게 요약하고 정리한 사람은 장정일 시인이다. 그러나 다시 이 시처럼 이렇게 후배 시인이 마련해준 자리에 두 시인이 앉다보면 비록 같은 업자끼리라 해도 또 그저 평범한 담소라 해도 때론 따뜻한 '봄밤' 같은 정담이 되었으리라. 실제 현실 세계에서 두 분이 인사동쯤에서 만났는지 모르겠으나 나이라든가 실향민 처지라든가 무엇보다 내면 깊숙이 숨겨둔 그 외로움 같은 것으로 통하는 바가 많았으리라.

그러나 생각보다 두 시인의 정담은 찍찍거렸고 자꾸 '짤리고' 또 끊겼다. 비록 정담이라곤 하지만 시인들이 앉아야 할 자리는 안락한 안마의자가 아니라 본래부터 이렇게 박해의 땅 불편한 자리였던가 보다. 또 시인의 장소엔 애석하게도 방해꾼도 많고 훼방꾼도 많은가 보다. 심지어 먹개구리까지 옆에서 방해하고 훼방을 놓고 있다. 저 놈의 먹개구리! 요놈! 목이 쉬고 목이 아파도 시인의 목은 쉬지도 않는다. 시인의 정담이 다 지워져도 시인의 목이 다 쉬어도 시인의 정담은 그치질 않는다. 그런 것도 시인의 목이 가진 운명인가 보다. 그렇다면 시인은 박해 받은 곳에서 또 다시 박해 받아야만 하는가? 시인은 박해 받은 곳에 있어야 하는가? 시인은 박해 받는 곳에 있어야 하는가? 시인은 그 옛날 어느 거룩한 성자처럼 박해 받는 곳에 있어야 하는가? 그리고 그곳에다 시인의 시를 묻어야 하는가? 그러나 이미 그곳엔 한하운도 없고 김종삼도 없고 권명옥도 없는데 어디다가 시를 묻어야 하는가? 누구한 테 물어보아야 하는가? 아니면 조용히 성지 순례하듯 박해의 땅에 다녀와야 하는가? 그리고 그들은 제 목소리의 음역(音域)을 버리고 카스트라토(castrato)로 목이 다 쉴 만큼 힘들게 정담을 이어갔고 그곳에서 마지막 정담을 나누었다. 한하운과 김종삼의 또 하나의 문학적 성지가 권명옥에 의해 그 터전이 마련되었다. 그러고 보니 김종삼은 천주교 신자였다. 그의 세례명은 베드로였다.

이제 권명옥의 ≪김종삼 전집≫에서 읽은 것에 대해 덧붙일 때가 되었다. 제1부부터 제5부까지 전집을 읽고 나서 필자의 눈이 잠시 머문 곳은 시인 전봉래에 관한 김종삼의 산문이었다. 전봉래 사후 십여 년 만에 쓴 김종삼의 산문이다. "그는… 말하자면 시인을 이마에 명함처럼 달고 다니는 반시적(反詩的) 상인(商人)은 아니었다."(위의 전집, 295쪽) 김종삼은 전봉래에 관해 말하고 있지만 동시에 문단을 향한 발언이었을 것이다. 그리고 하나 더! 황동규의 어법을 빌려 말하면 "우리의 현대시가 낳은 가장 완전도가 높은 순수시인"(김종삼, ≪북치는 소년≫, 민음사, 1979, 20쪽)이었던 그의 눈에는 시인을 이마에 명함처럼 붙이고 다니는 시인들을 먼저 피해 다니고 싶었을 것이다. 그러나 아쉽게도 그들이 먼저 김종삼을 피해 다녔다는 걸 김종삼만 모르고 살았을 것이다. 아마도 완전도가 높은 순수시인의 운명은 바로 그런 것이 아닐까. 그리고 또 이 전집엔 쉰 세 살일 때 김종삼의 육성이 하나 더 들어있어 그대로 인용하고 싶다. "나는 살아가다가 '불쾌'해지거나 '노여움'을 느낄 때 바로 시를 쓰고 싶어진다."(위의 전집, 303쪽) 김종삼의 솔직하고 정직한 내면을 엿볼 수도 있었다. 김종삼의 불쾌함과 노여움이 어떤 시에서 구체적으로 전면에 드러나는지 일일이 대조할 수 없어도 김종삼 문학의 배경으로 소중하게 짐작할 수 있을 것이다. 작금의 시인들은 얼마나 많은 불쾌함과 노여움을 느끼면서 시를 쓰는지 새삼 되돌아보게 한다. 뻔한 말 같지만 시는 단지 아름답거나 빛나는 수사이거나 혹은 언어의 기교나 현란한 난해함으로 이루어진 것은 아니다. 시는 이미 아름답고 또 수사와 기교와 난해함으로 상징되어 있다. 좋은 시는 무엇을 덧붙이거나 덧칠하지 않아도 이미 하나의 미학이 되었을 것이다.

*

앞에서 밝혔어야 하는데 김종삼에 관한 기성시인들의 시는 대체로 필자의 독서 범위 안에서 이루어진 것이다. 만약 이와 관련된 또 다른 시의 제보가 있었다면 훨씬 더 많은 작품을 소개할 수 있었을 것이다. (이후 이와 관련된 시를 더 만나게 되면 한두 차례 더 업데이트할 예정이다.) 그래서 좀 아쉽지만 필자의 독서 편력과 기억에 의존할 수밖에 없었다. 곧 만나게 될 이시영 선생의 이 시를 찾기 위해 필자는 책꽂이에 붙어 서서 또 시간을 보냈다. 그러나 이 시가 실린 시집을 찾을 수 없었다. 이 시와 관련된 어떤 기억은 분명히 있는데 도저히 시를 찾을 수가 없었다. 시집도 도무지 생각나지 않아 급기야 시인께 직접 문자를 넣을 수밖에 없었다. 곧바로 답장이 도착했다. 전혀 다른 얘기 같은데 요샌 문단 풍습도 많이 변했는지 시집을 주고받는 일도 아주 생소한 일이 되었다. 그러나 그때만 해도 육필 서명이 든 시집을 받을 때마다 뭉클한 동지애를 느꼈다. 그럴 때마다 필자는 개인적으로 또 시집 못지않게 시인의 육필을 한참 들여다보는 취향도 있어 그 재미를 한참 맛보곤 했었다. 암튼 필자보다 생물학적 연령이 이삼년도 아니고 대여섯 해 위의 선배 시인들로부터 몇 차례 시집을 받는 일이란 좀처럼 쉽지 않다. 암튼 필자는 이시영 시인에 대해선 언제나 깍듯하게 예의를 갖춘다. 선배 한 분이 더 있었는데 그는 이미 고인이 되었다. (그가 생각날 때가 있다.) 이를 테면 그의 모친상 부고를 받자마자 필자는 퇴근 후 편도 두 시간 여 상가에 문상을 갔었다. 물론 시집을 받았다는 이유만은 아니었을 것이다. 그럼, 이시영 시인의 시를 읽을 차례가 되었다.

# 시인

　김종삼은 살아가노라면 어디선가 굴욕 따위를 맛볼 때가 있는데, 그런 날이면 되건 안 되건 무엇인가 그적거리고 싶었으며 그게 바로 시도 못 되는 자신의 시라고 했다. 마치 이 세상에 잘못 놀러 나온 사람처럼 부재(不在)로서 자신의 고독과 대면하며 살아온 사람, 그런 사람을 나는 비로소 시인이라고 부른다.
　　　　　　　　　　　　　　　－이시영, 《우리의 죽은 자들을 위해》, 창비, 2007.

　김종삼의 산문 한 구절이 언뜻 보이기도 하지만 역시 김종삼을 향하면서 동도제현의 시인들을 향한 한 편의 시라고 할 수 있다. 시인이든 아니든 살아가면서 굴욕 따위를 맛보지 않을 순 없는 노릇이다. 어쩌면 삶은 그 자체가 굴욕일지도 모른다. 누구나 직장의 현장이나 사무실 같은 곳에서 하루에도 몇 번씩 굴욕을 맛보곤 했을 것이다. 굴욕은 일상이 되었을 것이며 일상은 곧 굴욕일 것이다. 그런 굴욕 때문에 부딪치기도 하고 때려치우기도 할 것이다. 그러나 때려치우거나 부딪치는 것은 굴욕이 아니다. 굴욕은 부딪치지도 못하고 때려치우지도 못할 때 그때 가슴속에서 쏟아지는 것이다. 때론 굴욕이란 것은 보이지도 않는 눈물이 되곤 한다. 그러나 굴욕은 결코 나약하거나 비참한 것만 아니다. 때때로 굴욕은 오히려 삶의 에너

지가 되기도 한다. 물론 굴욕을 밥 먹듯이 시시때때로 맛볼 순 없지만 굴욕 따위를 맛볼 땐 삶의 반전이 될 수도 있을 것이다. 굴욕은 결코 굴복이 아니다. 굴욕은 결코 패배가 아니다. 그렇다고 필자가 굴욕 따위를 가르치려고 하는 것은 아니다. 위의 시에 등장하는 김종삼은 굴욕 따위를 맛볼 때 무엇인가 끄적거리고 싶었다는 것이다. 그렇다, 시는 그런 처연한 굴욕과 패배 따위에서 천천히 오는 것이다. 그렇다, 시는 저 유쾌한 승자의 몫이 아니라 장렬한 패자의 몫이다. 세월이 흘러 시의 자리도 바뀌었다곤 하지만 세월이 흘러도 시의 자리는 굴욕과 패배로부터 그리 멀지 않은 곳에 있을 것이다.

그렇다고 시인이 온통 굴욕 덩어리라는 것은 아니다. 그러면 시인은 무엇인가? 시는 또 무엇인가? 문학이란 삶이란 또 무엇인가에 대한 질문과 응답은 수없이 이루어졌지만 시인이란 무엇인가에 대한 질문과 응답은 마치 시인한테 가서 물어보라는 정도였을 것이다. 그러나 도대체 시인이란 무엇인가? 위의 시를 읽어보면 시인은 굴욕을 맛볼 때 끄적거리는 사람 혹은 이 세상에 잘못 놀러 온 사람, 자신의 고독과 대면하며 사는 사람이라고 하였다. 또 그런 사람 가운데, 그런 시인 가운데 비로소 시인은 김종삼이라고 하였다. 그럼에도 불구하고 또 시인이란 무엇인가? 가령 김종삼처럼 술도 많이 마셔야 하고 고전음악도 들을 줄 알아야 하고 학교도 좀 다니다 때려치워야 하고 또 만나는 친구는 극히 적어야 하고 생활에 소홀해야 하고 몹시 가난해야 하고 돈을 좀 빌리러 다녀야 하고 또 고독해야 하고 굴욕을 맛볼 줄도 알아야 하고 이 세상에 잘못 놀러왔어야 하고 김수영이나 김관식을 좋아해야 하고 종로 3가쯤에서 헤매고 다닐 줄도 알아야 하고 따분할 줄도 알아야 하고 동네 술집이나 모퉁이 편의점을 기웃거릴 줄도 알아야 하고 '내용 없는 아름다움'을 알아야 하고 거지 소녀가 앞을 보지 못하는 거지 부모를 이끌고 식당 앞에서 서성거리는 것을 눈여겨 볼 줄 알아야 하고 고(故) 전봉래 시인을 추모할 줄 알아야 하고 고(故) 윤용하 작곡가를 추모할 줄도 알아야 하고… 그리고 바다제비라든가 곡비(哭婢)라든가 늙은 무당(巫堂)이라든가 잠수함에 승선한 토끼라든가 그렇게 또 많은 말을 더 늘어놓아도 부족할 뿐이다.

그러나 시인이 어떤 거룩한 삶을 살았다 해도 그의 어떤 좋은 시 한 편을 이기지 못할 것이다. 시인은 시를 쓰기 위해 사는 삶이지 시인의 삶을 살기 위해 사는 삶은 아닐 것이다. (그럼에도 불구하고 시인들이 시를 남기기 위해 시를 쓰지는 않을 것이다.) 하 시인의 삶이라는 것은 무엇일까? 그렇다면 시인의 삶이라는 것도 결국 시인의 삶이 아니라 시의 삶이라고 할 수밖에 없는가. 서럽기도 하겠지만 시인에게 삶이란 없는 것이나 마찬가지 아닌가. 그만 하고 자! 다시 위의 시집에서 이 시 뒤쪽에 있는 시를 펼쳐보면 김종삼과 관련된 또 다른 시 〈김종삼〉이 눈길을 끌어당긴다. 그리고 김종삼 시에서도 만나던 낯익은 이름들이 보여 너무 반갑다. 그들은 바로 시인 김관식과 시인 김수영과 문학평론가 임긍재 등이다. 이 시를 통해서도 잠시 김종삼의 시를 만나는 것처럼 반갑고 즐겁다. 무미건조한 시도 시의 맛이라고 할 수 있다. 그러나 이렇게 사람 냄새나는 맛도 시의 맛이라고 할 수 있다. 물론 시에서 꼭 무슨 맛을 맛보려고 시를 읽지는 않을 것이다. 시는 맛만으론 시의 어떤 맛을 낼 수 없다. 역시 시는 맛도 있어야 하고 또 멋도 있어야 한다. 그리하여 시는 또 복잡하다. 그리하여 시인도 또 복잡하다. 복잡하고 한편 까다롭고 섬세한 시의 생리를 어떻게 단박에 이해할 수 있으랴. 복잡하고 또 까다롭고 섬세한 시인의 생리를 어떻게 단박에 이해할 수 있으랴. 그리하여 역설적이겠지만 복잡하고 까다롭고 섬세한 그런 생리를 이해하는 순간 곧 오해가 시작되는 것이다. 그리하여 시든 시인이든 오해할 수밖에 없고 또 이해할 수 없는, 시도 시인도 도무지 알 수 없는 늘 어둡고 컴컴한 골방 구석의 어떤 존재와 같은 것이리라. 그러나 몹시 어둡지만 밝고 환한 어둠 같은 것! 그러나 몹시 외롭지만 아름다운 외로움 같은 것! 다시 한 번 시인은 살면서 굴욕감을 맛보고 고개를 떨어뜨리고 뭔가 그 적거리고 고독과 대면한 사람….

*

    앞의 시들은 어떤 방식이든 시의 표면에 김종삼이 잠시 나타났다 사라졌다 또 보였다 안 보였다 한다. 그러나 다음에 읽을 시는 김종삼은 보이지도 않고 김종삼은 아예 나타나지도 않는다. 아니다 김종삼이 국회의사당 어딘가 앉아 있는 것도 같다. 그러나 아무리 찾아보아도 김종삼은 없다. 김종삼이 미쳤다고 그런 곳에 앉아있겠는가. 설사 또 출석했다 해도 그 자리는 김종삼의 자리도 아니다. 이 시는 바로 그런 실재계(The real)를 떠나 좀 생소하고 낯선 매력과 매혹을 갖고 있다. 한 마디로 말하면 비현실적 인식의 세계이다. 말하자면 한국문학의 제3지대 같은 곳이다. 제3지대라고 해서 먼 곳에 있는 북만주 같은 곳도 아니다. 한국 시의 지형으로 볼 때 제3지대에 발을 들여놓았던 시인들이 도처에 있긴 있었다. 그 이름을 여기서 굳이 호명하고 싶지는 않다. 한국 시도 더 다양한 노선을 개척해야 하고 더 다양한 영역을 확대해야 한다. 한국 시 앞에 있는 어떤 장벽이라 해도 그 장벽은 무너뜨려야 할 것이다. 한국 시에 박혀있는 고정관념도 일종의 장벽일 것이다. 더 늦기 전에 한국 시는 그런 장벽과 고정관념을 무너뜨려야 한다. 여기 한국 시의 어떤 고정관념을 무너뜨린 시가 있다. 이 시의 작자인 박세현의 시집에서 시인의 말을 직접 인용한다. "하고 싶은 말을 하는 시가 아니라/하지 않아도 될 말

을 대충 쓴 시를/나는 지지한다."(≪나는 가끔 혼자 웃는다≫,
예서의시, 2020)


## 국회에 출석한 시인 김종삼 씨


내가 많은 돈이 되어 통곡하리니
이 땅에 뿌려지는 어이없는 빗물이 되리니
가끔 너희들 얼굴에 똥물이 되리니

내가 하염없는 한숨이 되어
너희들 미련한 양심의 한 줌 재가 되어
내가 폭설이 되어 서울의 쓸쓸함을 덮으리니
비루먹은 관리들 꽁무니를 덮으리니

생전 돈이 되어 보지도 못하고
용감한 돌이 되어 보지도 못하고
음악이 되어 보지도 못하고
바삐 이 세상 한 구석을 떠났으리

금뺏지는 잊지 않고 달고 있는 너희들에게
내 황금 같은 눈물을 한 방울씩 선물하리니

부디 오늘밤 나의 눈물로 축배를 들라

―박세현, 《길찾기》, 문학과비평사, 1989.

　이 시는 김종삼의 절창 중에 절창인 〈미사에 참석한 이중섭씨〉의 첫 구절 '내가 많은 돈이 되어'로부터 시작되었지만 완전 다른 시가 되었다. 김종삼처럼 따뜻하지도 않고 인간적이지도 않고 종교적이지도 않고 오히려 야유와 비웃음이 번득거릴 뿐이다. 결국 이 시의 매력 포인트가 되는 지점이다. 한국 시가 아직 미처 완성하지 못한 어느 분야 같다. 한국 시는 어떤 면에선 너무 따뜻하고 너무 인간적이고 너무 진지하다. 또 그만큼 너무 어둡고 너무 엄격하고 너무 교훈적이고 너무 신념과 이념적인 측면이 강하다. 그럼에도 불구하고 또 이 시의 성질은 좀 삐딱하고 좀 불편하고 좀 까칠한 것 같다. 한국 시는 웃음도 부족했지만 비웃음은 더 부족했다. 한국 시도 그만큼 격동의 시대를 살았다. 언제 한번 마음 놓고 웃을 날도 비웃을 날도 없었다. 잠깐 돌아보면 일제강점기와 한국전쟁의 내홍을 겪고 나서 산업화와 민주화 즉 땀과 눈물과 피의 시대를 한국 시도 함께 겪었을 것이다. 그런 험난한 파고를 겪으면서 한국 시는 소위 '순수와 참여'라는 양대 산맥을 형성하였다. 한국 시도 어느 한쪽을 선택하고 어느 한쪽을 지지해야 했을 것이다. 황동규의 선명한 구분처럼 대시민주의자가 되든가, 소시민주의자가 되든가, 두 선택지 앞에서 늘 방황했을 것이다. 그러나 선택지에도 없던 무시민주의자가 있다는 것을 아무도 몰랐을 것이다. 대시민주의자도 소시민주자도 무시민주의자를 외면할 순 없을 것이다.

그렇다면 이 시를 대시민주의자 편에 넣어야 할지 소시민주의자 편에 넣어야 할지 어쩌면 무시민주의자 편에 넣어야 할지 필자는 군이 고민하지 않는다. 좋은 시 앞에선 군이 어떤 편견이 생기지 않기 때문이다. 그래도 어느 쪽에 손을 들고 싶다면 그것은 필자의 몫이 아니라 독자의 몫일 것이다. 시는 독자를 만나는 것이고 독자는 시를 만나는 것이다. 그 순간이야말로 시가 완성되는 것이다. 그때 시는 '읽는' 장르가 되는 것이다. 어떤 지침이나 네비가 있는 것도 아니다. 한국 시에 대한 교육도 방향 전환해야 할 때가 되었다. 시는 결코 정답을 정해놓은 것이 아니다. 마치 인생의 정답을 정해 놓지 않은 것과 같다. 한국 시가 좀 더 자유로워야 하듯이 한국 시 교육도 좀 더 자유로워야 할 것이다. 한국 사회도 각종 제도도 좀 더 자유로워야 할 것이다. 그렇다면 어떤 거대한 편견과 제도를 무너뜨릴 때가 되었다. 그것을 무너뜨릴 힘은 오직 독자의 힘에 의해 나타난다. 비록 컵라면 하나를 먹어도 먹는 입맛이 다 다른 것 아닌가. 시의 맛도 읽는 맛에 따라 다 다르고 달라져야 하지 않겠는가. 한국 시의 맛을 다 정해놓고 다 가르쳐놓고 그 맛에 각자의 입맛을 맞추도록 주입시킨 것에 대해 한국 시는 다시 한번 돌아보아야 하지 않을까. 이왕 돌아보겠다면 프랑스의 바칼로레아 문학시험 문제를 한번 구경하기 바란다. 다시 가령, 민주주의야말로 수많은 다양성을 존중하고 허용하는 것 아닌가. 그리고 다양한 토론을 끊임없이 이어가는 것 아닌가. 여기서 해야 할 말도 아니고 또한 비유도 매우 적절하지 않겠지만 한국 정치의 양당제도도 극소수 다당제를 염두에 두어야 할 때가 되었다. 한국 시도 어떤 권력으로부터 자유로워야 할 것이다.

위의 시를 다시 읽어보면 국회 상임위 소속 위원도 아닌데 김종삼은 왜 국회에 출석했을까. 이것은 그야말로 오직 상상력의 결과이며 허구의 세계이며 비현실적 인식의 세계관이다. 현실이란 아예 없는 것이다. 어떻게 보면 경험을 중시하고 현실을 중요시하는 한국 시의 대세로부터 동떨어진 이러한 시들은 한국 시의 귀중한 덕목이라고 하지 않을 수 없다. 더구나 이 시의 제작 연대인 1980년대를 고려한다면 더욱 그러하지 않은가. 이런 시들을 더 발굴하여 한 군데 모아 묶어보고 싶다. 그리고 또 이 시의 시적 화자는 하나의 상징으로 '김종삼'의 몸을 빌려 돈이 되고 빗물이 되고 한숨이 되고 재가 되고 폭설이 되고 다시 돈도 되지 못하고 돌도 되지 못하고 음악도 되지 못했다. 돈이 되고 그러나 돈이 되지 못하는 시적 정서도 잘 읽혀진다. 그럼에도 불구하고 이 시의 또 다른 상징은 너희들의 얼굴에 가끔 '똥물'이 되겠다는 것과 내 '눈물'로 축배를 들라는 것이다. 물론 똥물과 눈물이 이 시의 중심적인 시어는 아니다. 그러나 똥물과 눈물이 빠지면 뭔가 이 시는 허물어질 것 같다. 어쩌면 똥물과 눈물 때문에 이 시는 버티고 있는 것이나 다름없다. 그렇다고 이 시를 똥물과 눈물의 시라고 할 순 없다. 때론 어떤 우아한 춤보다 인간적인 막춤이 더 춤 같을 때가 있다. 춤에 대한 오해일 것이다. 시에 대한 오해일 것이다. 부디 오늘밤엔 당신들의 눈물로 축배를 들라.

*

어떤 의도를 갖기도 전에 또 그럴 시간도 없었지만 필자의 이 글은 황동규로부터 시작하여 김영태로 끝을 맺을 것 같다. 특히 김영태는 생전에 김종삼과 신체적으로도 직간접적으로 인연이 많았던 시인이다. 귀한 인연이다. 마치 김관식과 신경림의 관계와 같다. 필자는 이런 인연에 대해 때론 그들의 시보다 더 귀중하게 여긴다. 한국 시가 소홀한 부분도 여기 어디쯤일 것이다. 한국 시는 보기보다 구멍이 많다. 일례로 교과서에 실리는 시만 보더라도 구멍이 많다. 필자가 보기엔 더 많은 시를 대폭 게재하거나 아예 최고의 시만 몇 편 게재하는 게 좋다고 생각한다. 오직 필자의 개인적인 견해이므로 참고하거나 유념할 필요가 없다. 또 교과서라고 하는 것도 특히 문학 교과서라는 것이 과연 필요한지 정말 모르겠다. 가령 최인훈의

≪광장≫이나 김수영의 ≪거대한 뿌리≫, 김종삼의 ≪북 치는 소년≫이 고등학교 문학시간의 텍스트가 되는 날을 기다릴 뿐이다. 김종삼에 관한 기성시인들의 작품 중에서 유독 이 시는 많은 감성과 감수성을 예민하게 자극한다. 시가 시를 낳는다는 말을 실감할 것 같다. 어떤 문학적 욕정이 꿈틀거렸다면 그렇게 불미스러운 일이 될라나. 악마의 손을 잡은 것도 아닌데 그렇게 나쁜 것도 아니리라. 한국 시는 더 자유로워야 할 것이다. 그러나 한국은 잘 아시다시피 빅토르 위고와 사르트르가 살았던 프랑스가 아니다. 그와 가까운 이웃나라도 아니다.

### 김종삼문학상 시상식

김종삼이 병원에 누워 있을 때
아버지를 간호했던 딸이
사내아이를 안고 식장에 앉아 있다
봉건이 새끼, 광림이 새끼……
아비는 떠들었다 오줌 마려우면
병실에서 과년한 딸을 내보냈다
(유리창에 매달려 있던 소변 깡통 하나
미모인 둘째딸도 예쁜 딸을
무릎에 앉히고 앉아 있다

아이들과 놀고

생전에 뽀죽집에 마슬 가던 할아버지를 아이들은 모른다

등산모 쓰고 느릿느릿 갈짓자 걸음

시인학교에서 내려오던 장인을

사위들이 알까, 아마 모르겠지

사직동 살 때 지우산 쓰고

사랑채 쪽대문을 흔들면

나가보던 기억이 난다

벌거벗은 비틀즈 존 레논과

치모를 드러낸 오노 요꼬 부부

레코드 한 장을 받던 기억도

'어디서 무엇이 되어 다시 만나랴'

자유극장 음악 편집 사례금 답례였다

신문지에 싼 판 주고

그는 휑하니 갔다

미사에 참석한 이중섭을 만나러

사르트르 곰방대를 훔치던 그,

샹빽⋯⋯핑그르르 도는 소주의 위력

그리운 안니 로리 사는 동네로

지우산 쓰고 가던 그,

친구가 상받는 자리에서

기억을 더듬다가

바늘만 망가진 비틀즈 판은

신문지에 싸서 그대로 두었는데

　　　－김영태, ≪물거품을 마시면서 아껴가면서≫, 천년의시작, 2005.


　아주 가까운 친구가 문학상을 받는 자리에서 그 문학상이
기리는 당사자인 시인 김종삼을 회상하고 추억하는 아름답
고 또 가슴 시린 시다. 행간도 좀 살펴면서 한 줄 한 줄 짚어
보자. 먼저 이번엔 신문지에 싼 소주병이 아니라 비틀즈의 존
레논과 오노 요코 레코드판이 먼저 눈에 들어온다. 비틀즈의
그 레코드판에 얽힌 김종삼과 김영태의 기억이 또 살아난다.
음악 편집 사례금에 대한 답례였다고 하니 김영태도 그 신문
지를 확 벗겨내지 못했을 것이다. 그리고 다시 병원에 누워 있
는 김종삼이 필자의 눈을 촉촉하게 적신다. 김종삼 옆에서 간
호하던 두 딸이 이번엔 시상식 앞에 앉아 있는 아련한 모습
을 김영태는 아프게 재현하고 있다. 식장 어디 김종삼의 뒷모
습이 잠깐 보였다 사라졌다. 김종삼의 욕설도 라이브로 들렸
다 사라졌다. 근데 김종삼의 목소리는 어땠는지 궁금하다. 김
종삼의 무릎에 앉은 손주들의 모습도 보였다 사라졌다. 김영
태만 쓸 수 있는 귀한 시다. 시는 높은 곳에 있는 것도 아니다.
시는 깊은 곳에 있는 것도 아니다. 시는 이렇게 시인의 무릎에
도 있고 유리창에 매달려 있는 오줌 깡통 속에도 있고 심지어
시인의 여름모자 끝에도 갈짓자 걸음 앞에도 매달려 있다. 또

하나 매우 중요한 원 포인트! 드디어 비오는 날 사직동 쪽대문을 흔들던 김종삼의 떨리는 손이 보인다. 김종삼의 어둡고 무거운 얼굴이 보였다 사라졌다. 김종삼의 얼굴이 왜 이렇게 어둡고 무거웠던 것일까? 그런 것을 여기서 다 털어놓고 싶지는 않다. 시에는 독자의 몫도 오롯이 있는 것이다.

이 시에는 한국 시의 가슴 저릿한 또 한 구절이 나온다. 김광섭의 시 〈저녁에〉 마지막 구절이다. '어디서 무엇이 되어/다시 만나랴.' 필자는 지금 김광섭보다 김영태에 집중해야 한다. 다시 앞에서 했던 말을 끌어다 쓴다면 김영태의 이 시도 무시민주의자 편에 속할 것이다. 대시민도 아니고 소시민도 아니고 시 앞에서 혹은 문단 사람들 앞에서 휑하니 돌아서던 김종삼처럼 김영태도 결국 휑하니 돌아섰던 것이라고 할 수 있다. 시는 이렇게 휑하니 돌아설 때 오는 것이다. 시는 이렇게 휑하니 돌아서서 가는 시인의 발끝에 묻어나는 것이다. 시는 휑하니 돌아서던 시인의 뒷모습을 바라보고 또 바라보던 시인의 눈망울에서 묻어나는 것이다. 시는 오직 외로운 자의 몫이며 끝내 허(虛)하고 무(無)한 자의 몫이다. 시의 목적도 무(無)목적의 공(空)이라 해야 할 것이다. 하여 무시민도 외로울 수밖에 없다. 대시민이든 소시민이든 무시민이든 시인은 외로울 수밖에 없다. 외로울 수만 있다면 이미 시인이 된 것이다. 괴로울 수만 있다면 이미 시인이 된 것이다. 마음이 아플 수만 있다면 이미 시인이 된 것이다. 마음이 여리고 여려 터졌다면 이미 시인이 된 것이다. 남들이 보지도 못한 것을 또는 남들이 보고도 놓친 것을 놓치지 않았다면 이미 시인이 된 것이다. 그리고 기억력도 좋아야 하고 그 기억을 더듬을 줄도 안다면 그는 이미 시인이 된 것이다. 그리고 사람의 마음을 섬세하게 헤아릴 줄 안다면 그는 이미 시인이 된 것이다. 그리고 그가 시인이라면 시인의 서정과 정서와 감수성을 스스로 또 점검해야 할 것이다.

다시 이 시에는 미사에 참석한 화가 이중섭 씨와 만나는 김종삼을 만날 수 있다. 그렇다면 이 시는 이중섭과 김종삼과 김영태가 만나고 있다는 것이다. 망명정부 건물에 세 들어 사는 난민들 같다. 망명정부에는 무정부주의자인 젊은 아나키스트들도 있었을 테니 이 무시민주의자들을 냉대하진 않았을 것 같다. 위대한 혁명가들은 쩨쩨하지 않았을 것이다. 혁명가들도 가슴속엔 시인의 펜 한 자루를 비수처럼 깊이 꽂아놓았을 것이다. 시인들도 가슴속엔 혁명가의 불온한 반기(反旗) 하나쯤 깊이 찔러놓았을 것이다. 혁명가나 시인이나 다 가슴 뜨겁고 급하고 불같고 사나운 성질들 아니었을까? 앗! 옆으로 너무 나간 것 같다. 다시 지금 이 순간! 이 순간! 앞으로 가자. 시는 과거도 아니지만 그렇다고 내일도 아니다. 지금 이 순간! 과거를 노래하면 시는 이미 역사가 되는 것이다. 과거를 노래하더라도 이와 같이 지금 이 순간! 눈앞의 현재를 노래해야 할 것이다. 김영태의 이 시는 과거의 김종삼을 노래하고 있는 것이 어니다. 지금 이 순간! 김종삼을 기록하고 기억하고 있는 것이다. 시는 그만큼 어렵고 무섭고 또 바늘처럼 예민하고 날카롭다. 김종삼문학상 시상식장 맨 끝에 앉아 있는 김영태의 모습이 김종삼과 자꾸만 오버랩되곤 한다. 김종삼과 김영태가 잠시 자리를 바꿔 앉은 배다른 형제였다가 영혼의 동지였다가 담배 나눠 피우는 문우였다가 소주잔 부딪치는 술친구였다가 지우산 같이 쓴 길동무였다가 또 사라졌다. 필자도 오래 전 김영태 댁을 방문하는 김영태의 지인들 틈에 (술김에) 끼어들어 김영태의 커피를 얻어 마시던 기억을 더듬어 보았다. (이상하게도 어둡고 깊은 동굴 속 같은 집이었다.) 지인들은 앉자마자 군데군데 앉은 먼지를 지적하자 그는 "먼지랑 사는 거지 뭐!" 라고 간단히 일축하던 장면도 더듬어 본다. '추억이랑 같이 사는 거지 뭐!'

\*

앞의 김영태와 이 뒤의 사족까지 쓴 다음 소위 탈고한 글을 서너 달 처박아 두었다. 그러다 출판사로 송고하기 이삼 일 전 인터넷에 뜬 이 시를 읽고 급하게 단상을 옮겨 놓았다. 필자로서는 또 하나의 인연이었다. 그럼 이현승의 이 시를 같이 읽어보자. 아 행간을 짐작하면서 천천히 읽어보자. '김종삼 생각'이라곤 했지만 '이현승의 생각'이 더 많은 시였다. 시인들은 마음도 복잡하지만 생각도 복잡하다. 시인의 생각이 어떻게 시가 되는지 독자들은 눈여겨 볼 것이다. '자두 한 상자'가 어떻게 시가 되는지 확연히 알 수 있을 것이다. 그리고 이 시의 제목이 또 시인의 생각이 왜 '김종삼 생각'이 되었는지 알 수 있을 것이다. 그러나 굳이 김종삼 생각까지 읽지 않더라도 이현승 생각까지만 읽어도 오독(誤讀)이라고 할 수 없을 것이다. 시 앞에서 공손히 시인의 생각을 짐작하기만 해도 시 앞에서 무엇이 시인의 생각인가? 하고 잠시 머뭇거리기만 해도 숙연한 시의 순간일 것이다. 시 앞에서 잠시 오독하여도 혹은 잠시 숙연하여도 시인의 생각은 다 수긍할 것이다. 이제 시는 독서의 중심에서 벗어났다는 것을 삼척동자도 다 알고 있다. 다들 시 앞에서 호객행위도 할 수 없고 그저 자존심만 삼키고 있다. 다시 시인의 생각이 김종삼의 생각에 이르는 과정이 마음 아프다. 동병상련이다. 이 늦은 밤에 시 이외 아무것도 갖지 못했던 시인들을 생각하게 한다. 무명용사 같은 시인들을 생각하게 한다.

## 김종삼 생각

찌는 여름날
멀리까지 가서 자두를 한 상자 사왔다
자두 사러 나선 길은 아니었지만

겸해 돌아오는 길에 자두 한 상자를 손에 넣고 두둑해진 날

수줍은 듯 시설도 하얗게 낀 붉은 자두를
오천원 만원 하면서 골라 담지 않고 상자째 사서 왔다
제 주먹만 한 자두를 보고 침은 이미 한 컵씩은 삼킨 아이들이
당장이라도 먹고 싶어 매달려 찔러보는 걸
집에 가서 먹자고 매운 말로 다그치며 돌아왔는데

다음날 씻어 먹이려고 열어 본 자두는
반 이상은 썩고 그 나마도 다 물러있었다

살면서 누구든 이런 날이 있을 것이다
기껏해야 썩은 과일을 정성스레 모셔오는 날이,
죽은 사람을 산사람인양 업고 오는 날이 있을 것이다.

자두를 골라내면서
썩은 자두의 그 한없는 단내를 맡으며
집은 과일마다 썩은 과일이었는데,
당신 아닌 사람이 잡으면 그럴 리가 없다고
타박을 받던 마음이 생각났다*

*김종삼의 〈원정〉

—이현승, ≪파란≫ 2017년 가을호

오천원 만원 하면서 팔던 자두를 골라 담지도 않고 그냥 상자째 사서 들고 오는 시의 화자가 눈에 어린다. 시설도 하얗게 낀 붉은 자두 앞에서 이것저것 고르지도 못하고 이것저것 꼼꼼하게 따지지도 못하고 '수줍게' 상자를 들고 돌아서던 시인의 모습이 보인다. 돌아서서 집으로 오던 길에서도 붉은 자두를 공손하게 여기는 시인의 마음을 엿볼 수 있다. '침을 한 컵씩 삼키며' 자두를 쩔러보는 아이들 앞에서도 붉은 자두를 대하는 시인의 마음이 읽혀진다. 그렇게 붉은 자두 앞에서도 경건하고 마음을 다하는 정성이야말로 시의 마음이며 시인의 마음일 것이다. 시인의 마음은 이처럼 섬세하고 정성을 다하거늘! 살다보면 다시 글을 쓰다보면 시인들의 마음이 아무도 모르게 무겁고 복잡할 때가 있을 것이다. 그럴 때마다 누군가 시인의 마음을 헤아려본다면 아주 가느다란 실오라기 같은 심경을 한 올 한 올 헤아려 볼 수 있을 것이다. (그 심경을 헤아릴 수 있는 사람은 미안하지만 같은 업계 종사자나 겨우 엿볼 수 있는 거 아닐까?) 이런 복잡한 마음을 붉은 자두가 짐작이나 할까? 자두야 붉은 자두야 시인들의 마음은 왜 이렇게 한 올 한 올 복잡하고 또 무거운 것이냐? 얼만큼 또 무겁고 복잡한 것이냐? 아 정말 이 시에 등장하는 자두 한 상자는 또 얼마나 무겁고 복잡한 것이더냐? 시인은 자두 한 상자보다 더 무겁고 더 복잡하였으리라! '집에 가서 먹자고' 매운 말로 다그치던 그 마음은 또 얼마나 무겁고 복잡하였을까?

이 시의 포인트는 아마도 그 '다음 날'이었을 것이다. 다음 날 먹으려고 열어본 자두는 반 이상은 썩고 그 나머지도 물러 터졌다. 시인의 마음이 다시 복잡하고 또 무거웠으리라. 다 썩어빠진 자두를 정성스레 데리고 온 시인의 마음이 온통 어두워졌을 것이다. 붉은 자두의 수줍던 얼굴도 끝내 울상이 되었을 것이다. '죽은 사람'을 '산 사람'인 양 업어서 모셔 왔다는 것인가? 이 또한 시인의 마음 아닐까? 시인의 마음에 산 자가 어디 있고 죽은 자가 또 어디 있을까? 이 시에서도 '죽은 자두'가 결국 '산 자두'가 된 것 아닐까? 가령 김종삼의 많은 시에 등장하는 '죽은 사람'들이 결국 '산 사람'이 되었듯이 말이다. 비록 김종삼의 시에서 또 시의 행간에서 한 줄 두 줄 살아났다 해도 그 순간은 '죽은 자'가 '산 자'가 되었으리라. 이현승의 이 시에서도 죽은 자두가 다 썩은 자두가 다 무른 자두가 이렇게 다시 수줍게 시설이 돋아나고 무른 자두의 얼굴이 다시 붉은 얼굴로 되살아났지 않은가? 붉은 자두를 찔러보기만 했던 아이들도 이 시를 읽으며 붉은 자두의 맛을 한 컵씩 삼켰으면 좋겠다. 주소라도 알면 자두 한 상자 택배 보내고 싶다. 그래도 여기까지는 시도 시인도 그렇게 복잡하지도 무겁지도 않았을 것이다. 그러나 이제부터는 시도 시인도 독자도 필자도 복합하고 또 무거울 것이다. 김종삼의 〈원정(園丁)〉이라는 시의 마지막 구절을 인용하면서 타박 받던 마음을 소환하였기 때문이다.

'당신 아닌 사람이 집으면 그럴 리가 없다고─' 아무리 썩은 자두를 골라내도 또 썩은 자두일 뿐일 텐데…. 마치 당신 아닌 사람이 집으면 썩은 자두일 리가 없다는 걸까. 살면서 이런 곤혹을 많은 사람들이 겪었을 것이다. 그러나 김종삼을 읽은 시인들이나 김종삼을 읽지 않은 시인들이나 이 땅의 시인들은 이런 생각을 한번쯤 하였을 것이다. 다른 사람이 집으면 그럴 리 없다는 '원정' 앞에서 마치 붉은 자두 앞에서 시인들은 어떤 불화 같은 것을 짐작하였을 것이다. 평범하게 한 마디 더 한다면 시인들은 이 세상의 그 무엇과도 쉽게 화해하기 어려운 어떤 불편함 같은 것이 있을 것이다. 더구나 어떤 불의나 어떤 불화와 덥석덥석 악수하듯 화해하고 타협할 순 없을 것이다. 다른 많은 사람들이 다 화해하고 다 타협했다 해도 시인은 쉽게 타협하거나 쉽게 화해할 수 없을 것이다. 이 시인도 썩고 무른 자두 앞에서 쉽게 화해하거나 타협하지 않았을 것이다. 썩은 자두 한 상자를 들고 그 가게로 뛰어가고 싶었을 것이다. 그러나 뛰어가지도 못하고 썩은 자두를 짓밟아버리지도 못하고 썩은 자두를 코앞에 갖다 대면서 한없이 단내를 맡으며 또 김종삼을 떠올렸을 것이다. 김종삼도 썩은 자두를 코앞에 갖다 대는 것 같다. 그리고 한 말씀 한 것 같다. '시인들은 썩은 자두의 단내나 맡는 자야!' 그렇다면, 시인의 숙명이 있다면 단지 어떤 곤혹함만으론 뒤집어씌우지 않았을 것이다. 다시 김종삼으로 돌아가 보자. 김종삼이 온통 뒤집어쓴 것도 어떤 곤혹함뿐이었겠는가? 김영태와 이 뒤에 이어지는 사족 사이에서 이 시 한 편을 읽고 생각하는 동안 또 어떤 복잡한 마음과 어떤 무거운 마음을 잠시 뒤집어쓰었을 것이다. 시인은 살면서 또 무엇을 뒤집어써야 할까?

## 사족

이제 이 글 끝에서 특별히 문학평론가 김현 선생을 생각한다. 앞의 장석주 편 《김종삼 전집》 제4부를 보면 김종삼과 마주앉아 근접 스케치한 김현의 〈김종삼을 찾아서〉가 생각난다. 그리고 그 글 바로 뒤의 강석경의 〈문명의 배에서 침몰하는 토끼〉도 생각난다. 필자의 사견으론 김종삼과 관련된 자료 중 소중한 사료(史料)라고 콕 집어서 말하고 싶다. 특히 김현은 김종삼의 글쓰기는 '방황의 표현'이라고 한 명쾌한 단언보다 '약을 마시듯 천천히 커피를 마시는' 김종삼을 묘사한 그의 섬세함에 필자는 감탄한 적이 있다. 그리고 무교동 찻집에서 김종삼을 한 시간 여 기다리며 그냥 앉아 있었다는 김현의 모습과 잔뜩 지친 표정으로 앉자마자 술 깨는 약을 탁자에 늘어놓고 알약을 입에 털어 넣던 쉰 살 넘은 김종삼의 모습이 바람처럼 자꾸만 일렁거린다. 그리곤 초여름 황혼 빛을 받으며 '뻑뻑한 걸음걸이'로 인파 속으로 사라지던 김종삼을 바라보며 곧장 휙 돌아서지 못하고 천천히 움직였을 김현의 몸가짐을 다시 한 번 생각한다. 김종삼의 문학적 사실도 중요하게 여기겠지만 김종삼의 역사적 사실도 귀중하게 여기지 않을 수 없다. 필자도 시인은 시만 남긴다고 누누이 강조하면서도 어쩔 수 없이 시인의 삶을 돌아보게 된다. 시도 시인의 몸에서 나오고 또 시는 시인의 삶에서 나오기 때문이다. 그렇다고 김종삼의 삶을 많은 독자들이 돌아볼 필요는 없으리라. 김종삼도 더 이상 돌아보지 않을 것이고 김종삼은 더 이상 돌아오지도 않을 것이다.

이제 끝으로 김종삼과 관련된 필자의 시 하나와 그에 따른 단상을 고해성사하듯 털어놓을 때가 되었다. 그러나 이미 오래전의 흑백사진이 되어버렸다. 김지하를 읽고 김종삼을 읽던 문학청년의 모습이 눈앞에 머물다 간다. 극과 극은 통하는 걸까. 먼저 이 시의 시적 화자와 필자를 혼동하지 않기를 바랄 뿐이다. 시적 화자와 작자를 혼동하는 일은 시 읽는 과정에서 종종 나타나는 즐거운 혼란이다. 그리고 시적 화자는 시인의 분신(分身)이라고 한다면 쉽게 수긍할 수도 있을 것이다. 그러나 시의 화자는 그 시의 시인이었다가 그 시의 시인이 아니었다가 환상이었다가 현실이었다가 꿈이었다가 아주 가끔 허공일 때도 있다. 암튼 그 시의 시적 화자는 오직 그 시에서만 존재하는 독립적이며 또 허구적인 주체일 것이다. 한번만 더 말한다면 시적 화자란 그때그때 급한 대로 빌려다 쓰는 시인의 대역(代役)일 수도 있으며 어떨 땐 시인도 난감할 수밖에 없는 반역자(反逆者) 노릇을 할 때도 있을 것이다. 시적 화자와 시인의 관계는 이렇듯 복잡하고 또 애증의 관계가 되기 쉽다. 그런 것은 시인의 탓도 시적 화자의 탓도 아니다. 그냥 처음부터 그렇게 생겨 먹은 것이다. 시적 화자와 시인의 관계가 도반(道伴)이라고 한다면 너무 지나친 비유일까.

## 김종삼을 생각하다

젊은 날 한때 낮에는 김지하를 읽었고 밤에는 김종삼을 읽었다 그 무렵 실패한 연애 때문에 김종삼을 읽다 머리맡에 던져 놓곤 했었다 그러나 맨 처음 그 여자의 마음을 끌어당긴 것도 그 여자의 마음을 더 복잡하게 만든 것도 김종삼 때문이었다 돌이켜 생각해 보면 그 여자의 마음도 내 마음도 아프게 한 것은 김종삼이었다

혈서를 쓰듯 김종삼의 시 한 편을 따뜻한 펜으로 써서 그 여자한테 보내놓고 한 달 동안 기다렸다 답장이 없어도 두렵지 않았다 김종삼을 읽고 어떤 울림이 없다면 다시 만나지 않아도 답답할 일도 아니었다 어느 주점에서 쓸쓸한 바람 같은 것이 스치고 지나갈 때, 시라는 것도 쓸쓸한 혹은 영혼이 없는 자의 몫이라는 생각이 들었다 지금 내 사무실 컴퓨터 바탕 화면에

깔아놓은 김종삼의 흑백사진 위로 어떤 침묵이 흐르다 멈춰 있
다 나의 시 한 편도 그 누구의 마음속을 복잡하게 흐르다 멈춰
있지 않을까?

　　　　　　　　　　　　　　　　　　　—졸저, ≪벚꽃의 침묵≫, 황금알, 2009.

　낮에는 김지하의 ≪황토≫를 읽어야 했고 밤에는 김종삼의
≪북치는 소년≫을 읽을 수밖에 없던 음울한 시절이 있었다.
새파랗게 젊은 필자의 머리맡에는 김지하와 김종삼이 나란히
놓여있었다. 또 술 없이 잠들 수 없는 혹독하고 복잡한 날들이
늘어만 가던 세월이었다. 군대담요 같은 걸 뒤집어쓰고 군대
담요 속에서 시를 읽고 시를 쓰던 문학청년의 시절이 있었을
것이다. 이 시의 화자나 필자 역시 그 시절 한때 문학청년으로
살았을 것이고 그 시절 한때 김종삼과 김지하를 만났을 것이
다. 다시 이 시의 시적 화자는 '혈서'를 쓰듯 김종삼의 시 한 편
을 따뜻하게 써서 '그 여자의 마음'을 복잡하게 하였을 것이다.
그러나 세상의 그 어떤 여자라 해도 김종삼의 시를 읽고 마음
속이 복잡하거나 답답하거나 '어떤 울림'이 있지는 않았을 것
이다. 답답하고 복잡하고 마음속이 아픈 것은 '시적 화자'의
마음속이었을 것이다. 한 달여 기다려도 답장은 없었고 시적
화자는 어떤 두려움도 답답함도 없어졌을 것이다. 그리고 다
시 김종삼이 시적 화자의 눈앞에 나타났다 사라졌다. 김종삼
은 시적 화자의 머리맡에서 문학청년의 어떤 마음속에서 나

타났다 사라졌다. 그리고 이렇게 한 편의 시가 된 것이다. 그리고 그 어떤 여자도 이렇게 한 편의 시가 된 것이다. 잠깐 혈서를 쓰듯 따뜻한 펜으로 썼다는 김종삼의 그 시는 어느 시였다는 걸까. 국회 인사청문회 자리에 앉혀놓고 꼬치꼬치 물어볼 수도 없고 간혹 독자들도 궁금해 할까. 이 시의 빛과 그림자가 바람처럼 꿈처럼 흔들리는 것도 같다. 마치 이 시와 관련된 은밀한 비밀 같아 더 물어볼 수도 없을 것 같다.

여기서 왜 하필이면 오래된 선시 한 구절이 생각났을까. 이미 지나간 과거는 과거를 남기지 않듯 시도 무엇을 남기지 않는 거 아닐까. "달이 물밑을 뚫고 있다/수면에 흔적 하나 남기지 않는다(竹影掃階塵不動 月芽潭底水無痕)"(冶父道川, 석지현 역, ≪선시≫, 현암사, 1975). 무얼 하나 남기지 않는 것도 시의 세계이며 시인의 세계라는 생각이 왜 문득 들었을까. 시인은 시를 남기기 위해 시를 쓰는 걸까. 시는 과연 시인이 남긴 것일까. 시를 쓰는 시인이 사는 삶은 무엇일까. 김종삼처럼 말한다면 '모차르트를 듣는 거'라고 하면 너무 튀는 걸까. 왜 김종삼한테 문학청년은 꽂혔을까. 왜 김종삼은 문청의 어깨를 툭 쳤을까. 김종삼은 왜 평양고보를 때려치웠을까. 이 시의 시적 화자는 그 여자의 답장을 받았을까. 그 여자는 실제인물일까. 상상력의 결과일까. 허구일까. 시인들의 여자는 어디에 있었던 것일까. 시인들의 여자는 왜 시인들을 떠났을까. 시인들은 왜 떠났을까. 시인들의 외로움은 어디까지 외로운 걸까. 위의 강석경의 글을 보면 동갑인 김수영과 김종삼이 자주 만나 술을 마셨다는데 얼마나 마셨을까. 김종삼도 김수영도 〈볼펜 구라브〉 같은 데 가입하지 않은 이유는 뭘까. "거기가 뭐하는 데냐?"고 김수영이 김종삼한테 물었을 때 김종삼의 얼굴은 어땠을까. 위의 글을 더 읽어보면 김종삼은 정말 단지 '따분하고 심심해서' 시를 썼을까. 김종삼은 정말 한국적인 것이 싫었을까. 김종삼을 왜 '도깨비'라고 불렀을까. 김종삼한테도 정말 '무정부주의적인' 데가 있었을까. 문학은 이 순간, 질문하는 자가 되는 걸까.

끝으로 필자는 오래 전부터 장석주 편 전집 첫 장을 장식한 파이프 담배에 막 성냥불 붙이던 김종삼의 한 순간이 김종삼의 문학과 인생을 통째로 상징하는 것 같다고 생각했다. 마치 난닝구 차림의 김수영의 한 순간이 그의 문학과 인생을 한꺼번에 상징하는 것처럼 생각했던 것과 같다. 다시 바야흐로 아무리 아름다운 꽃이라 해도 화무십일홍(花無十日紅) 앞에선 고개를 떨어뜨려야 하듯이 필자도 이 시들과 시인들과 함께 즐겁고 또 황홀했던 '김종삼 생각'을 내려놓을 때가 되었다. 시는 꽃도 아니고 시는 깃발도 아니다. 그러나 시여! 시인이여! 영원하라! 이런 말도 화무십일홍 앞에선 더 이상 못할 것도 같다. 예전에 인사동 '시인'이란 술집 벽면에 붙어있던 소설가 김성동 선배의 굵직굵직한 휘호가 떠오른다. 화락천지정(花落天地靜)! 이 시도 '쓸쓸한 바람'처럼 '영혼이 없는 세월'처럼 '꽃이 진 다음'처럼 한 곳에 잠시 머물다 흘러가고 곧 고요할 것이다. 시라는 것도 시인의 '마음속을 복잡하게' 그리고 시적 화자의 '마음속을 복잡하게' 또 어느 독자의 '마음속을 복잡하게' 머물다 흘러가리라. 흘러가다 어느 기슭에 툭 닿았을까. 혹시 강기슭 어느 나뭇가지에 툭 닿았을까. 그 나무는 혹시 어떤 시인을 닮은 나무였을까. 가난하지만 마음씨 좋은 시인을 닮은 나무였을까. 그런 나무가 있는 강기슭에서 바라보면 흘러가다 툭 멈춘 것이 시 아니었을까? 결국 김종삼도 김수영도 잠시 멈췄다 흘러갔을 것이고 눈물도 나무도 꽃도 바람도 세월도 잠시 멈췄다 흘러갔을 것이다. 그리고 또 고요할 것이다. 시만 겨우 남겨놓고 대시민주의자도 소시민주의자도 무시민주의자도 잠시 멈췄다 또 흘러갔을 것이다. 이제 시인 앞에는 더 이상 수식할 것도 비유할 것도 상징할 것도 없으리라. 이제 나무도 없고 나무그림자도 없는 세상이 되었다. □